KB062335

로크미디어가
유혹하는
재미있는 세상

ROK
MEDIA
로크미디어

하북팽가
검술천재

하북팽가 검술천재 4

2022년 6월 10일 초판 1쇄 인쇄
2022년 6월 15일 초판 1쇄 발행

지은이 이도훈
발행인 김정수 강준규

기획 이기헌 왕소현 박경무 강민구
책임편집 주현진
마케팅지원 이원선

발행처 (주)로크미디어
출판등록 2003년 3월 24일
주소 서울시 마포구 성암로 330 DMC첨단산업센터 318호
Tel (02)3273-5135 **편집** (070)7860-2726 **Fax** (02)3273-5134
홈페이지 rokmedia.com **E-mail** rokmedia@empas.com

ISBN 979-11-354-7724-9 (4권)
ISBN 979-11-354-7650-1 04810 (세트)

ROK
MEDIA
로크미디어

이도훈 신무협 장편소설

하북팽가 검술천재

④

차례

뜻밖의 임무

한빈을 쫓던 혈화는 울창한 소나무 숲에서 발길을 멈췄다.

이곳은 천수장과 저잣거리를 가로막고 있는 뒷산.

반나절이면 넘을 고개에 불과한 이 산을 사람들은 불 화(火) 자가 들어간 송화산(松火山)이라는 의미심장한 이름으로 불렀다.

사실 십 년 전까지만 해도 푸른색의 소나무로 울창했던 이 산은 마을의 명물이었다.

그러나 언제부터인가 이곳은 불이 난 것처럼 붉은색으로 물들었고, 그 때문에 마을 사람들은 귀신 들린 산이라 부르며 가기를 꺼려 했다.

혈화가 잠시 발길을 멈춘 것은 알 수 없는 불길함 때문이었다.

그녀는 다시 송화산을 바라봤다. 불꽃이 이글거리는 것 같은 착각이 들었다.

이곳은 마을 사람들의 말대로 저주받은 곳이 분명했다.

붉은 소나무 사이로 새어 나오는 햇빛 때문일까?

타오르는 불꽃처럼 삐져나와 있는 솔잎은 화선지 위에 튄 핏물처럼 보였다.

한참 동안 송화산의 전경을 보던 혈화는 옆에 다가온 수하 십팔호를 바라봤다.

십팔호라 불리는 중년의 사내는 절호곡에서 한빈과 맞닥뜨린 경험이 있는 자였다.

그런 이유로 이번 임무에 동참하게 되었다.

"십팔호, 이곳이 맞나?"

"네, 조장. 분명 이곳을 지났습니다."

"십팔호는 나머지 인원을 통솔해서 주변을 감시해. 절대 경거망동하지 말고 감시만. 알았지?"

"존명!"

"절대 죽이지는 말고!"

"명심하겠습니다."

십팔호는 복면 사이로 드러낸 두 눈을 반짝이며 자리에서 사라졌다.

사사—삭.

혈화는 천천히 송화산의 입구를 향해 걸어갔다.

그것도 잠시 그녀는 발길을 멈추고 지난 두 달간의 급박했던 기억을 떠올렸다.

흑천은 거짓 정보로 자신을 농락한 정화 부인에 대해 철저히 응징을 가했다.

그동안 혈화의 검에 피가 마를 날이 없었다.

정화 부인이 주관하는 상행이 아예 끊길 정도가 되어서야 흑천의 칼이 멈추었다.

모든 보복이 끝나자, 흑천은 한빈에게 호기심을 드러냈다.

하북팽가의 겁쟁이인 한빈이 흑천의 특급 살수와 초특급 살수를 연달아 격파한다?

게다가 전설의 마수인 천살혈랑의 숨통을 끊어 놨다라?

이것은 흑천에 풀리지 않는 수수께끼였다.

혈화는 이곳에 오기 전에 지시를 받았다.

첫째, 하북팽가 막내 공자의 정체를 밝혀라.

둘째, 그를 포섭하라.

셋째, 임무의 기간은 무기한.

이것이 흑천의 주인이 내린 명이었다.

즉 임무를 완수하지 못하면 돌아오지 말라는 이야기였다.

사실 혈화는 이 임무보다 한빈과의 승부가 먼저였다.

혈화는 절호곡 사건 이후 밤마다 옆구리에 통증을 느끼며 일어났다.

육체의 상처는 치료되었지만, 정신적인 고통은 여전했다.

"훗."

한숨을 뱉은 혈화는 자신의 옆구리를 만졌다.

그때를 생각하면 오만 가지 생각이 교차하는 혈화였다.

자신의 목숨을 단번에 끊을 수 있었는데 보내 준 한빈.

게다가 정면 승부도 아니고 살수의 은밀함에서 밀렸다라?

이것은 흑천을 물려받을 그녀에게는 크나큰 오점이었다.

송화산 중반에 들어선 혈화는 고개를 숙여 흙을 한 움큼 집어 코에 갖다 대었다.

"음."

잠시 침음을 내뱉은 혈화는 주변을 바라봤다.

한빈이 남기고 간 흔적이 점점 진해졌기 때문이었다.

그때 지척에서 누군가가 말을 걸었다.

"지금 뭐 하는 거야?"

"앗."

"왜 남의 오줌 냄새를 맡고 그래?"

"뭐? 오줌이라고!"

혈화가 소스라치게 놀라면 재빨리 흙을 땅에 던졌다.

동시에 그녀의 시야에 일렁이는 희미한 형체가 보였다.

송화산의 붉은 배경 사이에서 일렁이는 붉은 무복.

그는 분명 한빈이었다.

한빈이 활짝 웃으며 다가왔다.

"농담이니 걱정하지 마. 아까 보니 멧돼지가 잠시 실례하고 가더라고."

"지금 날 놀리는 거냐?"

"뭘 그리 발끈하고 그래? 잘 지냈어?"

"지금 무슨 짓이더냐?"

뒷걸음치던 혈화가 검을 뽑아 들며 외쳤다.

그 모습에 한빈이 걸음을 멈추고 어깨를 으쓱했다.

"지금 나보고 그런 거야? 이걸 보고 사돈 남 말한다고 해야 하는 건가? 아니면 방귀 뀐 놈이 성낸다는 말이 맞는 건가?"

한빈의 말에 혈화는 안쪽 볼을 씹었다.

몰래 그를 감시하던 것은 혈화 자신이었다. 그런데 언제부터인지 상황이 반대가 되어 버린 것이다.

게다가 한빈은 검을 뽑지도 않은 채 혈화를 비웃고 있었다.

혈화는 한빈을 다시 살폈다.

오른손에 동냥 그릇을 든 채 아무 표정 없이 혈화를 바라보는 한빈.

그가 다시 입을 열었다.

"남의 구역에 왔으면 일단 인사는 하고 가야 하지 않겠어?"

맞는 말이지만, 인정하기 싫은 혈화가 인상을 구겼다.

이런 그녀의 모습을 흑천의 살수들이 봤다면 놀라 자빠졌을 것이다.

혈화는 흑천에서도 감정을 드러내지 않기로 유명했다.

혈화의 또 다른 별호는 냉혈화였다.

혈화라는 별호에 차가움을 뜻하는 냉(冷)이라는 글자가 붙은 것이다.

그러나 그녀는 오늘만큼은 냉정하지 못했다.

인상을 있는 대로 구긴 혈화가 신경질적으로 대꾸했다.

"남의 물건을 빼앗아 튄 사람이 할 말은 아닌 것 같네."

"내가 튀었다고?"

한빈이 고개를 갸웃하자 혈화가 동냥 그릇을 가리키며 말을 이었다.

"그럼 튄 게 아니고 뭐야? 내 동냥 그릇이 거기 있잖아."

"살수가 언제부터 개방의 구역을 넘본 거야?"

한빈이 동냥 그릇 속 철전을 소리 나게 굴리며 놀리듯 혈화를 바라봤다.

그녀는 재빨리 표정을 수습하고 말을 이었다.

"살수는 동냥하지 말란 법 있나? 댁이 우리 밥줄을 가져간 거라고."

혈화가 성을 내자 한빈이 손을 내저었다.

"에이, 말은 정확히 해야지. 난 내 돈을 찾은 것뿐이야."

"그게 무슨 말이지?"

"생각해 봐. 내가 부자도 아니고 왜 거지한테 은전을 던지겠어?"

"그럼 왜 은전을 던진 거지??"

"그건 잘못 준 거야. 철전을 던진다는 게, 은전이 잡혔지 뭐야?"

"그럼 그냥 돈만 찾아가시면 되지, 왜 남의 그릇을 가지고 튄 거지?"

"튄 게 아니래도, 이게 손에 붙어서 안 떨어지는데 어떻게 하라고?"

한빈은 눈짓으로 동냥 그릇을 가리켰다.

천연덕스러운 한빈의 변명에 혈화는 한숨을 내쉬었다.

한빈의 말이나 자신이 뱉은 말이나 말이 안 되기는 마찬가지.

그때 한빈이 동냥 그릇에서 철전 하나를 꺼냈다.

별다를 것 없는 평범한 철전.

한빈은 눈을 가늘게 뜨고 철전의 옆면을 돌리며 바라봤다.

철전을 바라보는 한빈은 입꼬리를 점점 올렸다.

잠시 후 한빈은 그 철전을 다시 동냥 그릇에 넣고는 빙글빙글 돌렸다.

쨍그랑. 쨍그랑.

철전이 기분 좋은 소리를 내자 혈화가 잠시 마음을 놓았다.

순간 한빈은 철전을 몇 닢 집어서는 던졌다.

휙!

혈화가 반사적으로 철전을 잡았다.

탁!

그녀는 몇 닢의 철전을 눈 깜짝할 사이에 품속에 넣고 외쳤다.

"나머지도 빨리 주시지!"

그 모습에 한빈이 피식 웃으며 말을 이었다.

"철전이 꼭 내게 말을 거는 것 같네."

"……."

혈화는 답하지 않고 침을 삼키며 한빈의 다음 말을 기다렸다.

"목표의 무위는 절정 이상으로 파악된다고?"

"헉!"

혈화가 눈을 크게 떴다.

한빈이 흑천의 암어를 알아보는 것 같았기 때문이다.

분명 이것은 철전에 적혀 있는 정보였다.

짧은 탄성의 끝에 혈화가 물었다.

"그게 무슨 말이지?"

"거기에 써 있잖아. 왜 모른 척하고 그래?"

"뭐, 뭐가 써 있다고 그래?"

"……."

한빈은 대답 대신 철전 몇 닢을 꺼내 다시 살폈다.

한참을 보던 한빈이 말했다.

"이건 조금 읽기가 힘드네. 이건 흑천의 주인이 내리는 명령인가?"

말을 마친 한빈이 다시 철전을 던졌다.

휙!

탁!

혈화가 허공에서 동전을 낚아챘다.

"휴."

그녀가 한숨을 내쉬자 한빈이 피식 웃으며 말을 이었다.

"속이기 쉬운 아가씨네."

"뭐가 속이기 쉽다는 거지?"

혈화의 속눈썹이 파르르 떨렸다.

다섯 살 때부터 받았던 살수 교육.

그중에서도 가장 중요한 것이 바로 감정을 다스리는 법이었다.

하지만, 오늘따라 혈화의 감정은 요동쳤다.

그녀의 표정을 본 한빈이 말했다.

"내가 그 철전에 뭐가 적혀 있는지 어떻게 알겠어? 대충 때려 맞힌 거지."

"……."

혈화는 가만히 한빈을 바라봤다.

한빈의 말이 사실인지 확인할 수는 없었다.

그가 사실이라고 해도 믿을 수 없었고 거짓이라도 해도 그것을 그대로 받아들일 수 없었다.

이것은 분명 자신을 가지고 노는 것이라 혈화는 판단했다.

혈화는 분통함에 살며시 어깨를 떨었다.

동시에 그녀는 검을 뽑아 들었다.

스르릉!

혈화는 은밀하게 발끝에 내공을 담았다.

하나, 둘…….

상황을 보던 혈화가 발끝에 담은 내공을 폭발시켰다.

순간 그녀의 몸이 앞으로 튀어 나갔다.

파팍!

일직선으로 세운 그녀의 검이 한빈의 목을 향해 날아왔다.

슝!

공간을 접듯 눈 깜짝할 사이에 날아간 그녀의 검이 어딘가에 박혔다.

혈화는 눈을 크게 뜨고 자신의 검 끝을 바라봤다.

챙그랑.

자신의 검이 꿰뚫은 것은 동냥 그릇이었다.

검 끝에 매달린 동냥 그릇 속 철전은 마치 종처럼 소리를 냈다.

혈화는 다급히 주변을 두리번거렸지만, 한빈의 흔적은 찾을 수 없었다.

그녀는 그제야 자신의 실책을 알아챘다.

붉은 무복과 송화산의 절묘한 조화.

그것은 백사장에서 바늘 찾기와도 같았다.

그에 비해 자신의 무복은 검은색.

붉은 송화산에서 이 무복은 눈에 띄어도 너무 띄었다.

즉, 공평한 승부가 아니라는 것이다.

게다가 지금 한빈이 보여 준 경공은 절호곡에서의 경지와는 비교가 안 될 수준이었다.

절호곡 사건 이후 한빈은 구걸십팔보를 전수받았기에, 그 경공의 경지가 몇 배는 뛰었다.

이 사실을 모르는 혈화는 당황할 수밖에 없었다.

그때 멀리서 붉은 무복의 한빈이 나타났다.

"거참, 살벌하기는!"

한빈의 표정은 옆 동네에 마실 나온 것처럼 평온해 보였다.

혈화의 얼굴은 그와는 반대로 붉으락푸르락 변화무쌍했다. 하지만 그것도 잠시, 감정을 수습한 혈화는 나지막한 목소리로 물었다.

"당신 정체가 뭐지?"

"나? 진짜 몰라서 묻는 건 아니지?"

"몰라서 묻는 거 맞아."

"하북팽가 막내 공자잖아."

"그거 말고. 하북팽가의 막내 공자가 그렇게 검을 쓴다고? 대체 그 검술은 어디에서 배운 거지? 내가 조사해 본 바로는 하북팽가의 빈객 누구도 그런 검술을 쓴 적이 없어."

혈화는 목숨이 오가는 도중에도 정보를 캐려고 노력했다.

하지만, 한빈은 시큰둥한 표정으로 답했다.

"그냥 길 가다 배웠다고 해 두지."

"그건 그렇다 치고 당신의 그 분위기는 대체 뭐지?"

"갑자기 왜 분위기 타령을 하고 그래?"

"당신에게서 우리와 똑같은 냄새가 나서 그래."

"냄새라고? 나 오늘 목욕했는데."

한빈이 소매를 들어 냄새를 맡는 시늉을 하자 혈화가 미간을 좁혔다.

"그 냄새 말하는 게 아니잖아. 당신에게서 이상하게 진한 혈향이 느껴진다고. 솔직히 말해 봐. 당신은 어느 조직 소속이야?"

"참, 바보 같기는!"

"뭐가 바보 같다는 거지?"

"너 같으면 네가 속한 조직을 술술 불겠어? 바보도 아니고."

"……."

혈화는 다시 말없이 한빈을 바라봤다.

모두 맞는 말이긴 하지만, 실실 웃는 한빈의 표정을 보니 울화가 치밀기 시작했다.

게다가 한빈은 계속해서 혈화를 바보라 칭하고 있었다.

그녀는 이제까지 이런 대우를 받은 적이 없었기에 더욱 분했다.

그때 한빈이 말을 이었다.

"우리 내기 하나 할까?"

"내기라고?"

혈화가 호기심을 나타냈다.

혈화의 표정을 본 한빈이 의미심장한 표정으로 말을 이었다.

"뭐, 규칙은 간단해. 누가 상대방의 목에 먼저 칼을 들이대나 하는 거지. 물론 이곳 송화산을 벗어나면 지는 것으로 하고."

"……."

"상대가 승복을 못 한다면 그냥 그어 버리면 승부는 끝나는 것으로 하지."

혈화가 눈매를 좁혔다.

사람의 목을 긋는다는 말이 너무도 쉽게 나왔기 때문이다.

혈화는 확신했다.

'저놈은 살수가 분명해!'

혈화는 한참 동안 한빈의 눈을 바라보다 입을 열었다.

"승복하면?"

"삼 년간 하인이 되는 거지. 목숨을 살려 준 대가로 그 정도는 해야 하지 않겠어?"

"음."

혈화가 자신의 검과 한빈을 번갈아 바라봤다.

조사한 바로 한빈의 무위는 절정.

계책으로 초절정에 막 입문한 화산파의 제자도 꺾었다 들었다.

상황만 놓고 보면 혈화가 유리했다. 그런데 이상하게도 자신의 촉은 내기에 응하지 말라 하고 있었다.

그때 한빈이 갑자기 배를 만지며 불편한 기색을 보였다.

혈화는 그 모습을 놓치지 않았다.

저것은 분명 독에 중독되어 나타나는 현상이었다.

한빈을 바라보던 혈화가 희미한 미소와 함께 시선을 돌렸다.

혈화는 검 끝에 매달린 동냥 그릇을 보며 회심의 미소를 지었다.

그 동냥 그릇 안에는 독이 발라져 있었다.

정확히는 철전에도 독이 묻어 있었다.

수집한 정보와 상부의 지시가 모이는 동냥 그릇을 아무 대책 없이 방치해 둘 리 없었다.

만일에 대비해 혈화는 이 동냥 그릇에 조치를 해 두었다.

독의 이름은 일각비초(一刻秘草).

목숨을 빼앗지는 않지만, 일각 만에 오감을 마비시키는 독이었다.

흑천의 살수들은 이 독에 면역이 되어 있지만, 한빈이라면?

사실 진작에 이 독을 떠올려야 했지만, 한빈의 격장지계에 까마득하게 잊고 있었던 것이다.

혈화가 말했다.

"좋다. 네 말대로 하지. 그런데 이 산을 벗어나지 않는 게 좋을 거야. 내 부하들이 이곳을 포위하고 있으니."

"그건 내가 할 말이야. 나라고 수하들에게 명령을 안 내렸을 것 같아?"

한빈이 씩 웃었다.

물론 이것은 거짓말이었다. 지금 이 시각 맹호사대는 천수장에서 열심히 구르고 있을 것이다.

하지만, 혈화가 이 사실을 알 수는 없는 법.

혈화가 한빈의 말에 동요한 듯 주변을 둘러봤다.

한 치의 양보도 없는 한빈의 모습에 혈화는 다시 속이 끓기 시작했다.

그때 한빈이 외쳤다.

"지금부터 시작이다!"

말을 마친 한빈은 눈앞에서 희미한 잔상을 남기고 사라졌다.

한빈의 붉은 무복 때문일까?

그가 남긴 잔상은 마치 붉은 노을 같았다.

'그러고 보니……'

혈화의 시선이 해가 저물어 가는 쪽 하늘을 향했다.

한빈이 사라진 방향을 본 혈화는 의미심장한 미소를 지었다.

일각비초는 경지에 따라 효과가 나타나는 시간이 다르다.

삼류나 이류 무인에게는 일각이지만, 절정 혹은 초절정의 무인에게는 한 시진 이상이 걸릴 수 있다.

효과가 나타난 후에 만 하루 정도는 일각비초의 독성에 시달려야 할 것이었다.

즉, 무리할 필요가 없었다. 한 시진 정도 몸을 숨겼다가 이후에 천천히 몰아가서 잡으면 이번 임무는 끝이었다.

혈화는 얼굴에 화사한 미소를 띤 채 은신을 위해 반대쪽으로 몸을 숨겼다.

그녀는 자신의 감대로 완벽한 승리를 위해 일단 한빈의 범위에서 벗어나기로 한 것이다.

혈화가 공터를 벗어나 소나무가 빽빽한 숲으로 발길을 옮긴 순간이었다.

갑자기 몸이 휘청했다.

푹!

한쪽 발이 구덩이에 빠진 것이다.

"왜, 이런 곳에 구덩이가……."

혈화는 말을 잇지 못했다.

해답을 찾기도 전에 자신의 목덜미에서 서늘한 검날이 느껴졌기 때문이다.

혈화는 검날을 타고 시선을 올렸다.

순간 마주친 야수의 눈빛.

그것은 방금 사라졌던 한빈이었다.

혈화가 떨리는 목소리로 말했다.

"이게 무슨 짓이냐?"

"무슨 짓이라니? 벌써 잊은 거야? 지금 우리 내기하는 중이잖아. 안 그래?"

"……."

혈화는 아무 말도 못 하고 물끄러미 한빈을 바라봤다.

한빈의 말에는 조금의 어긋남도 없었다. 하지만, 이대로 물러날 수는 없는 일.

혈화가 외쳤다.

"이건 반칙이다! 살수가 언제부터 이렇게 함정을 파 놓는다는 말이냐? 이건 절대 인정 못 해."

"흠, 살수가 목표를 죽이는 데 방법을 가린다라? 언제부터 흑천이 정파 행세를 했지?"

"음."

혈화가 낮은 신음을 내뱉자 한빈이 말을 이었다.

"할 수 없군."

"약속대로 그냥 내 목을……."

한빈은 혈화의 말이 끝나기도 전에 검을 휘둘렀다.

휙!

바람 소리에 혈화는 자신도 모르게 눈을 감았다.

서걱!

후두둑!

생경한 소리에 혈화는 눈을 살짝 떴다.

살짝 뜬 그녀의 눈 사이로 허공에서 휘날리는 솔잎이 들어
왔다.

뭐지?

혈화의 눈이 커졌다.

눈앞에 휘날리는 솔잎은 붉은색이 아니라 검은색이었다.

"아!"

혈화가 탄성을 질렀다.

지금 허공에 날아다니고 있는 것은 솔잎이 아니라 자신의
머리카락이었다.

죽음을 택했지만, 그녀는 그것이 자신의 진심이 아니라는
것을 지금 깨달았다.

그녀의 가슴속에 이상한 감정이 파고들었다. 그것은 삶에
대한 의지.

한빈이 지금 벤 것은 혈화가 가지고 있던 살수의 의지였을

지도 몰랐다.

하지만, 혈화는 다시 마음의 틈을 닫고 전의를 불태웠다.

딱 반 시진의 시간만 있다면 한빈을 굴복시킬 자신이 있었다.

'딱 반 시진만!'

혈화가 속으로 반 시진을 외치고 있을 때 한빈이 다시 말을 이었다.

"약속대로 끝내기에는 해가 아직 기네. 조금 더 시간을 주도록 하지."

사사—삭.

혈화가 풀 밟는 소리에 눈을 떠 보니 한빈은 사라진 상태였다.

"휴."

한숨을 내쉰 혈화는 조금 더 신중을 기해 주변을 살폈다.

그녀의 목표는 이제 반 시진.

반 시진이 지나면 반격을 시작할 것이었다.

천천히 걷던 그녀의 앞에 토굴 하나가 나타났다.

토굴 앞에 선 혈화는 돌멩이 하나를 집어 안쪽에 굴렸다.

데구루루.

툭.

끝이 막힌 토굴인 듯 돌멩이가 멈췄다.

상황 판단을 끝낸 혈화는 재빨리 토굴 입구에 나뭇가지를 쌓아 위장했다.

준비를 마친 그녀는 토굴 속으로 조심스럽게 들어갔다.

혈화는 토굴에서 편하게 가부좌를 튼 후 시간이 흐르길 기다렸다.

반 시진 정도가 지나자 혈화는 고개를 갸웃했다.

이상하게 눈이 감겨 오는 것이었다.

자칫하면 목이 달아날 위기의 순간에 왜 잠이 온다는 말인가?

이건 말도 안 되는 상황이었다.

혈화는 가부좌를 풀고 이를 악물었다.

그래도 졸음은 멈추지 않았다.

혈화는 급기야 허벅지를 꼬집었다.

얼마나 세게 꼬집었는지 허벅지에서 살짝 피가 배어 나올 정도였다.

혈화는 고개를 갸웃했다.

뭐지?

지금 허벅지에서 감각이 느껴지지 않았다.

혈화는 눈가를 파르르 떨며 해답을 찾기 위해 노력했다.

하지만, 그것은 헛수고였다.

스르륵.

그녀는 천근의 바위처럼 자신을 덮쳐 온 수마(睡魔)에 완벽하게 굴복했다.

그것도 잠시, 어디에선가 신선한 향기가 퍼져 나왔다.

이것은 꿈일까?

의문도 잠시 그녀는 재빨리 눈을 떴다.

번쩍.

주변을 살피던 혈화는 목덜미에서 차가운 냉기를 느꼈다.

이 느낌은…….

동시에 한빈의 목소리가 들려왔다.

"잘 잤어?"

"헉, 비겁하게……."

"너도 썼잖아."

"내가 뭘 썼다고 그러는 거지?"

"서로 한 번씩 독을 썼으니 독공(毒功)의 승부에서는 공평하
다고 할 수 있지? 물론 승부에서는 내가 이겼지만."

"절대 인정 못……."

혈화는 말을 잇지 못했다.

갑자기 한빈의 검 끝이 목덜미를 파고 들어왔기 때문이다.

픽!

상처가 깊지는 않았지만, 목덜미에서 피가 흘러내렸다.

뚝!

대답은 허용하지 않겠다는 한빈의 뜻.

혈화가 이를 악물며 노려보자 한빈이 말했다.

"나는 내 구역에서 살수가 얼쩡거리는 걸 용납할 만큼 자

애로운 사람은 아니야."

"차라리……."

혈화가 말을 마치기도 전에 한빈이 말했다.

"일단, 마저 듣는 게 좋을 거야."

한빈의 표정이 살짝 풀린 듯 보이자 혈화는 희망을 찾은 듯 답했다.

"그래, 말해 봐."

"아까 네가 잠든 사이에 십팔호라는 놈이 다녀갔다."

혈화가 눈을 가늘게 떴다.

십팔호는 자신과 생사의 고비를 여러 번 넘은 수하였다.

혈화가 다급히 물었다.

"혹시 죽였느냐?"

"내가 말했잖아. 다녀갔다고. 죽었다면 네 옆에 나뒹굴고 있겠지."

"음."

혈화가 여러 감정을 담은 신음을 토해 냈다.

그 모습에 한빈이 피식 웃었다.

"그놈이 이걸 주고 가더라."

말을 마친 한빈은 품에서 철전 하나를 꺼내 던졌다.

휙.

철전을 잡은 혈화가 의심의 눈초리를 보내자 한빈이 말했다.

"참, 의심 많은 살수네. 거기에는 한 방울의 독도 안 발라 놨으니 걱정하지 마."

"흠."

혈화가 헛기침하며 철전을 자세히 살피기 시작했다.

그곳에는 작은 글귀가 쓰여 있었다.

종(從).

혈화가 눈을 가늘게 떴다. 이것은 분명 흑천이 내리는 명이었다.

'따르라고?'

혈화는 한빈을 바라봤다. 분명 흑천의 명령은 한빈을 따르라고 했다.

아마도 이 모든 상황을 흑천의 주인은 알고 있는 것 같았다.

혈화가 이를 악물 때 철전의 옆에서 희미한 글자가 보였다.

그것은 입(入)을 나타내는 암어였다.

혈화는 그제야 의미를 알았다.

천수장에 잠입해 한빈의 정체를 알아내라는 새로운 임무였다.

혈화는 조용히 일어나 절도 있게 포권했다.

"약속을 지키겠다."

그 모습에 한빈은 씩 웃으며 말했다.

"너 말이 좀 짧다. 요즘은 하인이 그렇게 말하나 봐?"

한빈의 비웃음에 혈화가 재빨리 고개를 숙였다.

"아, 그게 그러니까. 죄송해요."

그녀는 초특급 살수답게 재빨리 태세를 전환했다.

혈화가 고개를 숙일 때 그녀의 배에서 요란한 소리가 울렸다.

꼬르륵.

혈화가 멋쩍은 표정으로 바라보자 한빈이 품속에서 죽통 하나를 내밀었다.

혈화가 황급히 손을 내저었다.

"괜찮아요."

한빈은 죽통을 내민 채 어이없다는 표정으로 혈화를 바라봤다.

"먹으라는 거 아니다. 슬쩍 냄새를 맡아라."

"네?"

혈화가 눈을 크게 뜨고 묻자 한빈이 진지한 표정으로 말을 이었다.

"죽기 싫으면 냄새를 맡아."

혈화는 죽통의 마개를 열고 냄새를 맡았다.

청아한 향기가 코끝을 간지럽혔다.

방금 깨어날 때 맡았던 향기와는 비슷하면서도 달랐다.

"이제 됐다."

한빈은 그 죽통을 빼앗았다.

"대체 그게 뭔가요?"

"혹시 칠종칠독(七縱七毒)이라고 들어 봤어?"

혈화의 표정이 단번에 바뀌었다.

"설마……."

그녀는 말끝을 흐리며 한빈을 바라봤다.

가장 지독한 독은 아니지만, 가장 해독하기 힘들다고 하는 독이 바로 칠종칠독이었다.

한빈은 기다렸다는 듯 의미심장한 미소를 지었다.

"맞아, 그 칠종칠독."

"흠."

"전해 오는 이야기에 의하면 제갈량은 맹획을 일곱 번 잡았다가 일곱 번 풀어 줬다지. 이 독은 그 이야기처럼 상대를 언제든 중독시킬 수도, 해독시킬 수도 있지."

한빈의 설명에 혈화의 표정이 점점 일그러졌다.

"그런 악독한 독을 내게……."

"사돈 남 말한다고 생각하지 않아?"

"흠."

혈화도 할 말은 없었다.

"흥분하지 말고 잘 들어. 칠종칠독을 해독하기 위해서는 총 일곱 번 해독을 해야 해."

"대체 언제 독을 쓴 거죠?"

"네가 가져갔잖아."

한빈은 턱짓으로 동냥 그릇을 가리켰다.

동시에 혈화의 눈동자가 흔들렸다.

동냥 그릇에 검을 찔러 넣은 자신의 행동이 도화선에 불을 당긴 것 같았다.

한빈에게 또 속았다고 생각하니 더욱 화가 치밀어 올랐다.

자신이 푼 일각비초는 해독하고 거기에 칠종칠독을 풀어 놨다고?

이가 갈렸지만, 지금은 해약이 먼저였다.

"그럼 지금 빨리 내놔요."

혈화가 손을 내밀자 한빈이 무복의 앞섶을 풀었다.

순간 드러나는 일곱 개의 죽통.

한빈이 말했다.

"첫 번째 독이 발작한 후 하루 안에 해독을 안 하면 두 번째 독이 발작하지. 첫 번째 독을 해독해도 두 번째 해독을 하지 않으면 일주일 후에 독이……."

한빈의 설명을 듣던 혈화가 천천히 손을 내밀며 죽통을 가져가려 했다.

그때 한빈이 피식 웃자 혈화가 손을 멈췄다.

한빈은 혈화의 손을 검지로 살짝 밀어 낸 뒤 말을 이었다.

"문제는 일곱 개의 해독 약에 순서가 있다는 거야. 순서가 틀리면 그건 너도 알 거야. 간격도 맞춰야 하고. 일곱 번째 해약을 건네는 시기는 앞으로 삼 년 후."

한빈의 말에 혈화는 손을 멈췄다.

한빈은 그녀가 정신을 잃었을 때 하나의 해독약을 썼고 깨어났을 때 또 하나를 썼다. 한빈은 그녀에게 총 두 개의 해독약을 썼다.

그 두 개의 해독약마저 저 일곱 개 사이에 섞여 있었다. 즉 저 해독약을 뺐어도 순서를 정확히 지켜 해독할 수 있으리라는 보장은 없었다.

순서는 오직 한빈만이 알고 있었다.

마지막 해독은 정확히 삼 년 뒤라고 했다.

왜 흑천에서 이 내기의 결과를 인정했는지를 알 수 있을 것 같았다.

하지만, 의문 하나가 남았다.

"한 가지 궁금한 게 있어요."

"내가 답할 수 있는 거라면 말해 주지."

한빈이 너그러운 표정으로 고개를 끄덕였다.

"그 짧은 시간에 흑천과 어떻게 연락을 한 거죠?"

"험, 너는 왜 짧은 시간이라고 단정하는 거지?"

"내가 잠든 것이 노을이 남아 있던 시간이었어요. 지금도 노을은 남아 있고요."

"그 정답은 앞으로 남은 네 살수 인생을 위해 남겨 둘 테니 잘 생각해 봐."

"……."

혈화는 고개를 갸웃했다.

자신이 잠든 시간에서 잘해야 차 한 잔 마실 시간만 흘렀을 뿐인데, 너무 많은 일이 일어났다는 게 믿기지 않았다.

그때 한빈이 자리에서 일어났다.

그는 따라오라는 말도 없이 휘적휘적 붉은 노을을 밟고 걸어갔다.

혈화도 말없이 그 뒤를 따랐다.

꼬르륵.

배에서 요란한 소리가 울리자 혈화가 재빨리 숨을 멈췄다.

그녀는 지금이 만 하루가 지난 시점이라는 것은 꿈에도 깨닫지 못했다.

붉은 소나무 숲에서 사라지는 둘을 바라보던 십팔호가 고개를 흔들었다.

그러고는 뒤쪽에 널브러진 수하들을 바라봤다.

어제부터 오늘 오전까지 한빈과 흑천의 살수들은 절호곡의 결전에 이은 두 번째 싸움을 벌였다.

그 싸움을 가른 것은 절묘한 한빈의 보법과 계책이었다.

결과는 대패(大敗)!

십팔호는 자신들이 호랑이의 아가리에 머리를 들이밀었다고 생각했다.

호랑이와 싸워서 이길 순 있어도 아가리에 머리를 들이미는 것은 싸움이 아닌 자살행위.

십팔호는 자신을 희생해서 수하들을 구한 뒤 한빈에게 끌려가는 혈화의 뒷모습을 보며 묵념했다.

어느새인가 일어난 수하들도 한빈에게 끌려가는 혈화를 바라보며 고개를 숙였다.

누군가가 고개 숙이며 말했다.

"조장의 희생은 잊지 않겠습니다."

"충성!"

흑천의 살수 중 하나가 가슴을 손바닥으로 치며 외쳤다.

잠시 묵념이 끝난 후 십팔호가 수하들에게 나지막이 외쳤다.

"돌아간다!"

"조, 존명."

수하들이 흐느끼는 목소리로 답했다.

⁂

뒤쪽의 따가운 시선에도 한빈은 평온한 표정으로 산길을 걸었다.

그때 뒤쪽에서 혈화가 외쳤다.

"조금 쉬었다 가요!"

이건 혈화의 진심이었다.

한빈에게 당한 독으로 몸이 정상이 아니었다.

혈화는 내공을 끌어올리려 노력했지만, 독에 당한 후유증 때문인지 한 톨의 내공도 끌어올릴 수 없었다.

내공을 쓸 수 없는 혈화의 몸은 연약한 여자아이의 몸과 별반 다를 바 없었다.

흑천의 명에 따라 삼 년간은 꼼짝없이 한빈의 옆에서 지내야 했다.

생각지도 못한 뜻밖의 임무가 혈화 앞에 떨어졌지만, 당황하고만 있을 그녀가 아니었다.

그녀는 한빈과의 관계에 있어 어느 정도 선을 정해 놓고 싶었다.

그 선은 혈화에게 유리해야 했다.

한빈이 걸음을 멈추자 혈화는 최대한 천진난만한 표정을 지었다.

혈화는 자신의 이런 표정에 사람들이 넘어간다는 것을 알고 있었다.

열다섯도 안 되어 보이는 소녀가 이렇게 불쌍한 표정을 짓고 있으면 살수라는 것을 알고도 넘어가기 마련이었다.

이런 면에서 혈화는 실로 태세 전환이 빨랐다.

혈화가 정한 이상적인 관계는 오라비와 동생의 관계.

아니나 다를까 한빈이 사람 좋은 얼굴로 혈화에게 다가왔다.

그 모습에 혈화가 침을 꿀꺽 삼켰다.

터덜터덜 다가온 한빈이 손가락으로 바닥을 가리켰다.

"박아."

아무 감정도 없는 말투에 혈화가 비명을 질렀다.

"앗!"

"후렴구는 넣지 말고!"

씩 웃는 한빈에 모습에 혈화는 재빨리 걸음을 옮겼다.

"가, 가면 되잖아요."

다음 날 점심.

한빈은 천수장의 정문에 도착했다.

때마침 정문에 나와 있던 조호가 번개같이 뛰어 왔다.

"주군, 대체 어디 다녀오셨습니까? 어제 안 들어오셔서 저희가 얼마나 걱정했는지 아세요?"

"빈말이겠지만 고맙다, 조호."

"빈말 아닙니다. 주군이 안 오시는 바람에 다들 뜬눈으로 새웠습니다."

"노느라고 밤을 꼬박 새웠겠지, 안 그래? 조호."

"아, 아닙니다. 그러니까⋯⋯."

조호는 말끝을 흐리며 손을 휘휘 내저었다.

"농담이니 걱정하지 마, 하루 정도는 쉬어야지."

"그건 그렇죠."

"뭐, 다음 날 빡세게 구르면 되니까 말이야."

"주, 주군⋯⋯."

말끝을 흐리던 조호가 한빈 옆에 혈화를 바라보며 눈을 빛냈다.

"옆에 이 꼬마는 누구예요?"

"오늘부터 내 시녀가 될 아이다."

"시녀요? 시중을 들기에는 너무 어린 것 같은데요."

조호는 고개를 갸웃하며 혈화를 바라봤다.

아무리 많이 잡아도 열다섯 정도밖에 안 되어 보이는 소녀가 눈을 빛내고 있었다.

물론 이것은 조호의 착각이었다.

혈화의 나이는 열아홉이 다 되어 가는 중이었다.

조금 작은 체구와 앳되어 보이는 외모 덕분에 착각한 것이다.

하지만, 이것은 혈화의 역린을 건드린 것이었다.

혈화가 갑자기 조호를 바라봤다.

순간 혈화의 살기가 조호를 덮쳤다.

이곳까지 걸어오며 혈화는 내공을 회복한 상태였다.

조호는 순간 자신을 향해 검이 날아오는 것 같다고 착각했다.

그 검은 조호의 목덜미에서 한 뼘을 남겨 놓고 멈춘 것만 같았다.

조호는 자신의 목덜미를 만져 봤다.

다행히 목은 제대로 붙어 있었고 자신을 향해 날아오던 검날도 사라졌다.

조호가 뒷머리를 긁적였다.

"어제 무리를 했나 보네요. 이 아이한테 못 볼 꼴을 보였네요, 휴."

조호가 한숨을 쉬자, 표정을 수습한 혈화가 말했다.

"아니에요. 피곤하면 그럴 수도 있죠. 오라버니."

"아, 나한테 오라버니라고 부를 필요는……."

"아니에요."

혈화가 손을 내젓자 조호가 물었다.

"너는 이름이 뭐니?"

그 물음에 혈화는 한빈을 바라봤다.

한빈이 고개를 끄덕이자 혈화가 말했다.

"설화라고 해요."

설화는 한빈과 혈화가 상의해서 지은 이름이었다. 혈화라고 하면 누구도 의심하지 않을 수 없었다.

누가 여자아이의 이름에 피 혈(血) 자를 쓰겠는가?

그래서 만든 이름이 설화였다.

"아, 이름도 얼굴만큼이나 귀엽구나. 꼬마야."

조호는 설화의 머리를 헝클며 웃었다.

이제 설화로 불리게 된 혈화는 겨우 표정을 숨기며 속으로 외쳤다.

'꼬마라고 부르지 말아라, 애송아!'

물론 입 밖으로 내지는 않았다.

순간 발출되는 설화의 살기!

"헛,"

조호가 헛숨을 삼켰다.

일류의 경지에 오른 조호였지만 감당하기 어려운 살기였다.

조호는 뒤로 한 발짝 물러서서 자신의 손을 바라봤다.

방금 조호는 날카로운 검날이 자신의 손을 썰고 지나간 것만 같은 환영을 보았다.

이것은 설화의 기세 때문에 일어난 일이었다.

설화가 조호를 부축했다.

"괘, 괜찮으세요? 오라버니."

"괜찮아. 오늘따라 몸이 안 좋아서……."

조호는 뒷말을 흐리며 물러났다.

그 모습에 한빈은 피식 웃었다.

설화는 살수가 아닌 경극단에서 연극을 하는 것이 더 어울렸다.

그것이 한빈의 결론이었다.

꿏

천수장 정문을 지난 한빈은 설화에게 요깃거리를 가져다주었다.

한빈은 송화산을 넘어오며 육포라도 씹었지만, 설화는 하루 반을 굶은 상태였다.

꾸역꾸역 만두를 먹는 설화를 본 철노가 말했다.

"얘야, 아직 많으니 천천히 먹어라."

"괜찮아요, 아저씨."

설화가 만두를 입에 욱여넣으며 볼멘소리로 답하자 한빈은 자신도 모르게 미소를 지었다.

한빈의 미소는 살수를 대하는 눈빛은 절대 아니었다.

한빈이 설화를 이곳에 데려온 이유는 과연 무엇일까.

그것은 조금은 복잡한 문제였다.

한빈은 설화와 검을 나누며 묘한 느낌을 받았다.

그는 설화에 대해 몇 가지를 확인하기로 하고 목숨을 붙여 났다.

그 후 한빈은 흑천과 교섭하며 설화가 전생의 옛 수하였다는 것을 확인할 수 있었다.

전생에 한빈이 맡았던 귀검대의 막내.

그녀가 바로 설화였다.

자신 대신 정의맹에 칼에 맞아 쓰러졌던 대원 중 하나.

그 사실은 그녀를 거둘 이유로 충분했다.

당시 귀검대에 왔을 때 그녀의 모습은 지금과는 영 판판이
었다.

얼굴은 칼자국으로 성한 데가 없었으며 다리는 절고 있었
다.

게다가 목소리까지 쇠를 갈아 넣은 듯했다. 성대가 상했기
때문이다.

이것이 바로 설화의 전생 모습이었다.

그런 이유로 수하였던 그녀를 알아보는 데 한참 걸릴 수밖
에 없었다.

아마 흑천과 약속한 삼 년이면 횡액을 피할 수 있을 것이
었다.

그와는 별개로 그녀를 거둔 이유가 하나 더 있었다.

한빈은 허겁지겁 만두를 먹는 설화의 이마를 바라봤다.

이마에는 구결을 나타내는 점이 보인다.

한빈이 장난스러운 표정으로 젓가락을 집었다.

그러고는 그 점을 향해 젓가락을 찔러 들어갔다.

만두를 먹던 설화가 화들짝 놀라 텅 빈 만두 통을 들어서

막았다.

탁!

그 모습에 철노의 눈이 휘둥그레졌다.

그 표정은 이 아이도 무공을 하냐는 물음이었다.

한빈이 고개를 끄덕이자 철노의 눈이 더 커졌다.

하지만, 한빈은 설화에게 눈을 떼지 않고 있었다.

설화의 이마에서 일렁이던 점은 어느새 다른 곳으로 이동했다.

과거로 돌아오고 구결이 보이기 시작한 후 이런 현상은 처음이었다.

구결을 나타내는 점이 자신의 공격을 피해 달아난다라?

어찌 보면 난공불락의 목표를 만난 것이나 다름없었다.

죽은 자나 동물에게서는 구결이 사라지니 살아 있을 때 그것을 취해야 하지만, 그 점이 도망치듯 이동한다면?

한빈은 설화를 옆에 두고 천천히 연구해 보기로 했다.

그때 철노가 혀를 차며 한빈을 말렸다.

"공자님, 아무리 장난을 치고 싶어도 그렇죠. 밥 먹을 때는 개도 안 건드린다는데, 어떻게 이렇게 귀여운 아이를 괴롭히세요."

"아, 철노. 미안해."

한빈이 손을 흔들며 웃자 그 광경을 보던 설화가 희미하게 웃었다.

아무래도 철노가 한빈의 약점인 것 같았기 때문이다.

철노만 공략한다면 천수장에서 편히 지낼 수 있을 것 같았다.

그때 한빈이 철노를 바라보며 눈짓했다.

"만두 말고 다른 것도 가져오라고 했잖아."

"아, 물론 준비했습니다. 공자님."

"그럼 좀 펼쳐 줘."

"네, 알겠습니다, 공자님."

철노는 만두가 놓인 곳을 피해 탁자 위에 보따리를 올려놨다.

그러고는 재빨리 보따리를 풀었다.

촤르륵.

보따리를 펼치자 그곳에는 지필묵과 종이가 나타났다.

뜨거운 토란

이상한 것은 하얀 한지 대신 글자가 **빽빽**이 적혀 있는 종이였다는 점이다.

철노는 아무렇지도 않게 그 종이를 펼치고 호리병 속에 미리 갈아 놓은 먹물을 벼루에 부었다.

모든 일이 끝나자 철노는 마지막으로 붓을 한빈에게 건넸다.

설화는 철노가 준비한 것은 자신과 상관없다는 듯 만두를 계속 입 속에 욱여넣었다.

한참을 먹던 설화가 목이 멘 목소리로 철노에게 말했다.

"아, 아저씨, 물 좀 주세요."

그때 한빈이 재빨리 끼어들었다.

"일단 서명부터 하고 먹자."

"무슨 서명이요?"

"약속했잖아, 삼 년 동안 나를 따르기로."

"그야……."

설화는 말끝을 흐렸다. 이것은 흑천과 한빈의 약속.

무조건 자신이 따라야 하는 것이 맞았다.

하지만, 이상하리만큼 등에 소름이 돋았다.

이것은 살수로서의 생존 본능이었다.

그 생존 본능이 이 자리에서 벗어나라고 아우성치고 있었다.

그때 철노가 사람 좋은 얼굴로 말했다.

"걱정 말고 여기에 서명해. 나 못 믿니, 설화야?"

철노는 사람 좋은 얼굴로 가슴을 탁탁 쳤다.

혈화가 보기에 철노는 무공도 모르고 아무 생각 없이 한빈을 따르는 하인이었다.

설화는 자신도 모르게 붓을 들었다.

그런데 이상하게 소름이 더 돋았다.

설화는 철노를 다시 바라봤다.

약간은 멍청해 보이는 것이 흠이긴 하지만, 사람을 속일 얼굴은 아니었다.

설화는 아무런 의심 없이 계약서에 서명하려고 하다가 내용을 읽어 봤다.

한참을 읽던 설화는 눈을 크게 떴다.

"이게 뭐예요?"

"이건 천수장 식구들은 다 쓰는 계약서인데, 왜 그래?"

철노가 고개를 갸웃하자 설화가 콧김을 내뿜으며 한빈을 바라봤다.

"이건 고리대금 업자들이 쓰는 신체 포기 각서잖아요. 그리고 이건 또 뭐예요? 이건 아예 노예 계약서잖아요."

"서명하기 싫으면 집으로 돌아가도 좋아. 난 안 말린다."

한빈은 만두를 하나 집어 입에 넣고 의자에 몸을 기댔다.

자신은 아무 상관도 없다는 표정이었다.

설화는 이 상황이 외통수임을 깨달았다.

그녀는 재빨리 고개를 돌려 철노를 바라봤다.

철노는 여전히 사람 좋은 얼굴로 고개를 끄덕이고 있다.

생각해 보니 한빈이나 철노나 모두 한통속이었다.

설화가 한숨을 내쉬며 붓을 들었다.

"휴."

사삭.

서명이 끝나자 철노가 말했다.

"이건 좋은 조건에 속해. 내가 장담할게."

"이게 좋은 조건이라고요?"

설화가 떨리는 목소리로 묻자 철노가 활짝 웃으며 고개를 끄덕였다.

설화는 애먼 천장을 올려다봤다.

대체 이곳에 속해 있는 사람들은 어떤 대우를 받고 있단 말인가?

그리고 이곳의 정체는 대체 뭐란 말인가?

설화가 천수장에 입소한 다음 날, 하북팽가.

팽대위는 앞에 쌓인 서류를 보며 한숨을 내쉬었다.

"휴."

서류만 보면 세상이 빙글빙글 돌고 밥맛이 없어지는 팽대위였다.

하지만, 폐관에 든 그의 형 팽강위를 위해서라도 이 서류를 소홀히 할 수는 없었다.

그는 이렇게 평온한 하북팽가가 원망스러웠다. 사고라도 터지면 이 서류 더미에서 벗어날 수 있었을 텐데.

조금 더 중요한 일에 자신이 나서고 덜 중요한 이런 서류는 총관에게 맡기면 되니 말이다.

그가 연신 한숨을 내쉬고 있을 때였다.

가주전의 문이 열렸다.

덜컹.

다급히 뛰어오는 경비 무사.

타다닥.

발소리의 여운이 가시기도 전에 무사가 말을 이었다.

"큰일 났습니다, 집법당주님."

그 말에 팽대위의 얼굴에 화색이 돌았다.

드디어 기다리고 기다리던 사건이 터진 것이다.

이제 서류는 뒤로 미뤄 두고 칼춤을 출 때가 된 것.

팽대위가 물었다.

"무슨 일이더냐?"

"그게, 하남정가에서 밀서가 도착했습니다."

"밀서라? 그쪽에서 온 무사는?"

팽대위가 눈을 빛내고 있을 때 뒤쪽에서 집법당 무사의 부축을 받고 누군가가 절뚝이며 걸어왔다.

팽대위는 눈매를 좁혔다.

그의 복장으로 봐서는 하남정가의 무인이 맞았다.

절뚝이며 다가온 하남정가의 무인이 팽대위 앞에서 멈췄다.

"대협, 가주님의 서찰을 가지고 왔습니다."

하남정가의 무사가 품속에서 서찰을 꺼냈다.

서찰을 건네는 그의 손은 온통 피투성이었다.

가슴팍에서 흘러내리는 핏물을 무복이 감당하지 못하는 듯 뚝뚝 떨어지며 바닥을 적셨다.

하남정가 무사는 바로 쓰러져도 이상하지 않은 상태였다.

하지만, 집법당 무사에게 부축을 받으며 조금이라도 팽대위에게 가까이 다가가려고 애썼다.

팽대위는 피로 얼룩진 서찰을 낚아챘다.

휙!

그는 서찰을 옆에 총관에게 건넸다.

동시에 팽대위가 외쳤다.

"하남정가의 무사를 치료받게 하라. 그리고 나머지는 모두 나가 있거라!"

"존명!"

팽대위의 명에 집법당 무사들이 우르르 빠져나갔다.

보고받기로 이 서찰은 밀서라 했다.

게다가 이 밀서를 가지고 온 무사의 상태는 위중했다.

그것을 받아 든 이설영 총관은 무사들이 빠져나가자 서찰을 읽기 시작했다.

"친애하는 하북팽가 가주님께 부탁드릴 것이……."

서신의 내용을 듣던 팽대위가 미간을 좁혔다.

내용은 생각보다 심각했다.

하남정가 가주 정무룡의 병환이 심각하다는 것이었다.

같은 가주이지만, 하남정가의 가주 정무룡은 하북팽가 가주 팽강위의 장인이었다.

지금 상태로는 두 달을 넘기기 힘들다고 했다.

이 서신을 보내온 이는 하남정가의 대공자 정인지였다.

정인지는 정화 부인의 오라버니로, 장차 하남정가를 물려받을 것이라 예상되는 인물이었다.

　하남정가에서 원하는 것은 정화 부인이 예물로 가져온 청명환(晴明丸).

　청명환은 곤륜파의 신단으로 소림의 대환단과 비견될 만큼 뛰어난 환약이라 평가받는다.

　청명환은 곤륜파와 하남정가의 끈끈한 인연으로 인해 받은 보물이었다.

　이제는 연단술이 끊겨 곤륜에도 단 세 개밖에 안 남았다고 전해지는 청명환.

　이 약에는 죽은 자도 일각 안에만 먹이면 생기를 되찾는다는 전설이 전해지고 있다.

　예물로 보내온 청명환을 다시 돌려달라는 것은 예의에서 벗어난 일.

　하지만, 하남정가 가주의 목숨이 걸린 일이었다.

　팽대위는 털썩 자리에 앉았다.

　뭐든 옳다 싶으면 물불 안 가리고 밀어붙이는 그였지만, 이번은 시기가 묘했다.

　둘째 형수인 정화 부인의 입지가 줄어드는 상황에 그녀가 주최하는 상행마저도 연신 약탈을 당하고 있는 상황이었다.

　그런데 하남정가 가주까지 위독하다?

　게다가 두 달이라는 시간적 제약까지.

툭. 툭.

팽대위는 끊임없이 의자의 팔걸이를 손가락으로 두드렸다.

잘 안 풀리는 일이 있을 때면 나오는 습관이었다.

얼마나 지났을까. 한없이 팔걸이를 두드리던 팽대위가 자리에서 일어나 성큼성큼 걷기 시작했다.

총관 이설영이 놀라 물었다.

"당주님, 어디를 가십니까?"

"폐관동에 잠시 들렀다가 오겠네."

"흠, 가주님께서 출입 금지라 선포하시지 않았습니까?"

"총관, 그게 문제인가? 내가 죽게 생겼는데 말이야."

"집법당주님, 그게 무슨 말씀이신지……."

"하남정가로 가는 상행이 막히다시피 했잖나? 그런데 공교롭게 강호인들이 눈독을 들일 청명환을 운송해야 하는 일이 벌어졌네. 그게 과연 우연일까?"

팽대위는 의미심장한 웃음으로 대답을 마무리하고는 천천히 대전을 빠져나갔다.

총관 이설영은 그런 팽대위를 보며 희미하게 웃었다.

겉보기에는 곰처럼 보이는 팽가의 사람들이었다.

하지만, 정작 중요한 결정을 내릴 때면 여우같이 꾀를 내는 것이 이 가문 사람들의 특징이기도 했다.

잠시 후.

폐관동에서 가주 팽강위와 독대하고 온 팽대위는 한숨을 내쉬었다.

팽강위의 대답은 간단했다.

'가주 대행인 네가 알아서 하라.'라고 한 것!

팽강위 역시 이번에 어떤 결정을 내려도 하북팽가의 손해라는 것을 알고 있었던 것이다.

그렇다고 결정을 미룰 수도 없는 일이었다.

이것은 마치 뜨거운 토란 같았다.

노릇하게 구운 토란은 침이 넘어가기 마련.

하지만, 그것을 당장 입 안에 넣는다면?

아마도 입이 멀쩡하지는 못할 것이다.

그렇다고 마냥 식을 때까지 놔둔다면?

반대로 퍽퍽해서 맛이 없어질 것이다.

하남정가로 가는 상행이 약탈당하는 지금의 상황.

두 달이라는 시간적 제약.

하지만, 반드시 결정해야 했다.

하남정가 지원의 결정권이라는 뜨거운 감자를 팽강위에게 건네받은 팽대위는 머리를 감싸 쥐며 이번 회의에 필요한 사람들을 불렀다.

사람들이 모이자 팽대위가 서찰을 요약해서 설명했다.

모든 설명이 끝나자 모두는 침을 꿀꺽 삼켰다.

하남정가라면 강남 오대세가 중 한 곳.

그곳에서의 태풍은 하북까지 영향을 미칠 것이 분명했기 때문이다.

게다가 하북팽가와 하남정가는 사돈 사이.

떼려야 뗄 수 없는 사이이기도 했다.

팽대위는 가장 중요한 사항을 확인해야 했다.

"둘째 형수님."

"네, 집법당주님."

"청명환이 하남정가에서 보내온 예물이긴 해도, 그 소유권은 오롯이 둘째 형수님이 가지고 계신 것으로 알고 있습니다. 청명환을 하남정가로 보내실 의향이 있으신지요?"

"물론이지요. 아버지가 아프다는데 딸인 제가 어찌 모른 척을 할 수 있겠어요. 다만……."

정화 부인이 말끝을 흐리며 주변을 둘러봤다.

그녀의 시선이 지나간 곳에 있던 원로와 각주는 모두 고개를 숙이기 바빴다.

이 임무를 자신에게 맡길까 두려워서였다.

임무에서 정체불명의 무사들과 칼을 맞댄다는 것은 비무와는 전혀 성격이 달랐다.

상대를 알고 칼로 상대와 대화를 나눈다.

이것은 무인이라면 누구나 가슴 뛰게 만들 일이었다.

하지만, 언제 칼이 날아와 뒤통수를 뚫을지 모르는 일은 가슴 뛰는 것이 아니라 가슴이 쫄리는 일이었다.

거기에 이번에 하남정가로 가져갈 물건은 무림의 보물이라 할 수 있는 청명환이었다.

만약에 이게 소문이라도 돌게 된다면?

단순히 도적만 경계해야 할 일이 아니게 된다.

무림의 도적이란 도적, 아니 정파마저도 도적으로 위장하고 끼어들 수도 있는 일이었다.

가장 큰 문제는 계산이 맞지 않는다는 것이다.

이 일을 수행한다면 하북팽가에서 자신의 위상이 올라갈까?

하북팽가의 영웅으로 군림하기보다는 하남정가의 영웅으로 추앙받기에 알맞은 임무였다.

적어도 하북팽가 내에서는 잘해야 본전이라는 말이었다.

한마디로 높은 위험도에 이익은 적은 임무였다.

고개 숙인 원로와 각주 들은 집에서 자신을 기다리는 처자식을 떠올렸다.

모두가 고개를 숙이자 정화 부인이 자리에서 일어나 탁자를 탁 쳤다.

"여기 계신 분들은 하남정가를 도와주실 생각이 없으신가 봐요. 저희 하북팽가가 언제부터 이빨 빠진 호랑이 신세가

됐죠?"

그 말에 분위기가 냉랭해졌다.

주작각의 각주 가기군이 자리에서 일어났다.

"부인, 그 말은 취소하시죠! 하북팽가가 이빨 빠진 호랑이라뇨?"

주작각주 가기군이 외치자 정화 부인이 비릿한 미소를 보냈다.

"그럼 이빨 빠진 호랑이가 아닌가요? 하북에서 하남까지 지금 가도 시간이 빠듯해요. 상대는 제 아버지이기 전에 강남 정파의 기둥이에요. 그런데 강북의 정파 하북팽가가 이 문제를 고민한다고요? 흥."

그녀가 콧방귀를 뀌자 가기군은 불편한 듯 말했다.

"적어도 하북팽가 내에서는 가주님의 명을 거역할 사람은 없습니다. 부인이 임무를 맡길 자를 추천해 보시죠."

가기군은 당당하게 정화 부인을 바라봤다.

주작각의 각주인 가기군의 말에 모두가 고개를 끄덕였다.

가기군의 말은 일리가 있었다.

하남정가 사람인 정화 부인이 청명환을 호송할 자를 택한다면?

중간에 어떤 일이 일어나더라도 하북팽가의 책임은 줄어들게 된다.

이것이 가기군이 정화 부인에게 선택권을 넘긴 이유였다.

회의를 주관하던 팽대위도 고개를 끄덕였다.

모두가 침을 삼키고 있을 때 정화 부인이 말했다.

"저는 이 일은 소가주 후보 중 하나가 맡아야 한다고 생각해요. 소가주가 되면 언젠가는 가주님의 일을 맡게 될 터. 이런 대외 관계에서 자신의 힘을 증명하는 것이 소가주 후보가 해야 할 일이 아닐까요?"

그녀의 말에 어떤 반박도 할 수 없었다.

그때 주작각주 가기군이 물었다.

"그렇다면 소가주 후보 중 누굴 보내야……."

그는 말끝을 흐렸다. 소가주 후보 중 하나는 강호행을 나가 있고 하나는 강제 폐관 수련 중이었다.

딱 하나 남아 있는 것이 천수장에서 훈련 중인 한빈이었다.

가기군이 말을 이었다.

"그럼 막내 공자가 이 일을 맡아야겠군요."

순간 원로와 각주 들이 웅성대기 시작했다.

"그럼 이 중차대한 일을 사 공자가 맡는다고?"

"허, 그러게 말이야. 사 공자를 뭘 믿고?"

"사 공자라면 청명환을 들고 튈 수도 있지."

"에이, 설마 그렇게까지 하려고. 그건 아니지."

"아니야, 지난번 공자 호위대 간에 비무에서 돈을 싹 쓸어 담은 사람이 누군지 알아?"

"설마……."

그때 정화 부인이 탁자를 쳤다.

탁!

내공이 실린 울림에 원로와 각주가 대화를 멈췄다.

정화 부인이 뱀처럼 눈을 가늘게 뜨고 모두를 노려봤다.

모두가 침을 삼키는 가운데 그녀가 입을 열었다.

"지금 무슨 말씀을 하시는 겁니까?"

"……."

순간 장내가 조용해지자 정화 부인이 나긋나긋한 목소리로 말을 이었다.

"다른 분도 아니고 강북 무림의 기둥이신 제 아버님이 위독하시다고 합니다. 그런데, 지금 뭐라 하시는 겁니까? 이 일에 있어 적임자는 소가주 후보인 사 공자밖에 없습니다. 저는 제 아버님의 운명을 그 아이에게 맡겨 보렵니다."

정화 부인의 말에 원로와 각주 들이 고개를 갸웃했다.

그녀와 사 공자는 서로 못 잡아먹어서 안달인 사이였다.

정화 부인의 아비, 즉 하남정가 가주에 대한 일이지만, 사람이 이렇게 변할 수는 없었다.

그때 정화 부인이 다시 말을 이었다.

"그럼 대신 이 일을 맡아 주실 분 있으십니까?"

"……."

잠시, 정적이 장내를 휩쓸었다. 그때 원로 중 하나가 무릎을 쳤다.

"생각해 보니 막내 공자가 적임자네."

"음, 그러고 보니 이 일을 맡을 사람은 막내 공자밖에 없네 그려."

몇몇을 제외한 원로와 각주 들은 먹이를 발견한 승냥이처럼 눈을 빛냈다.

이제야 정화 부인이 이 임무를 한빈에게 맡기는 속뜻을 알아챈 것이었다.

생각해 보니 한빈도 그들에게 있어서는 뜨거운 토란이었다.

얼마 전 화산파의 서재오를 비무에서 눌렀다지만, 이를 지켜본 이는 그리 많지 않았다.

설사 실력으로 이겼다고 해도 후계 구도에 크게 영향을 끼치는 것은 아니라 판단했다.

소문에 의하면 황궁과의 인연도 있다지만, 이 또한 어느 정도인지 확인한 바는 없었다.

아직까지는 첫째 공자와 둘째 공자의 소가주 경쟁 구도에 한빈이 끼어들 자리는 없었다.

즉, 한빈에게 줄을 설 이는 아무도 없다는 말이었다.

한빈이 이 임무를 성공한다고 해도 좋아할 사람도 없었고, 실패한다고 해도 아쉬울 사람은 이곳에 아무도 없었다.

한빈은 뜨거운 토란을 던져 주기에 딱 알맞은 길 잃은 사냥개였다.

하지만, 팽대위는 아직도 팔걸이를 톡톡 치며 결정을 내리지 못했다.

이번 일에는 어떤 음모가 도사리는 것 같았기 때문이다.

그의 눈에 한빈은 한참 자라나는 호랑이.

조금만 기다려 준다면 선명한 호랑이 무늬를 드러낸 채 강호를 뛰어다닐 물건이 될 것이라 생각했다.

그때 정화 부인이 재촉하듯 말했다.

"가주 대행께서 빨리 결정을 내려 주시죠."

그녀의 입가에는 보일 듯 말 듯한 미소가 걸려 있었다.

팽대위는 그 모습에 속으로 웃었다.

저것은 자신의 아버지인 하남정가 가주를 걱정하는 모습이 아니었다.

정화 부인은 무엇을 기대하고 있을까?

팽대위는 살짝 눈매를 좁히며 입을 열었다.

"저도 동의합니다. 대신!"

팽대위의 말에 모두가 숨을 멈춘 채 시선을 돌렸다.

그가 다시 말을 이었다.

"이번 임무에 대해서는 사 공자가 직접 선택하도록 하겠습니다. 받아들인다면 맡길 것이고 못 받아들이겠다고 하면 그때 다시 회의를 하도록 하겠습니다. 그럼 오늘의 회의는 이만!"

그가 자리에서 일어나 거도를 바닥에 찍었다.

쾅!

모두는 그 소리에 조용히 고개를 끄덕이기만 했다.

잠시 후, 회의를 마치고 나오는 정화 부인의 입에는 희미한 미소가 맴돌았다.

어떻게 보면 이전에 보였던 미소보다 더 교묘하며 진지했다.

───

그날 밤.

연무장 옆 바위에서 구결을 정리하고 있는 한빈의 옆에 검은 그림자가 나타났다.

사사─삭.

그녀는 바로 심미호였다.

심미호가 불만 섞인 목소리로 말했다.

"이젠 놀라지도 않으시네요, 주군."

"지금 나타날 사람이 심 부대주 말고 또 누가 있어?"

"그래도 놀란 척이라도 해 주시는 게 늦게까지 일하고 온 수하에 대한 도리가 아닌가요?"

"그래서 월봉 올려 줬잖아."

"아, 그렇지……. 항상 감사하고 있어요. 주군."

심미호는 재빨리 포권하며 표정을 바꿨다.

"그런데 이 시간에 온 걸 보니 급한 일인가 봐."

"네, 오늘 하북팽가에서요……."

심미호는 쉬지 않고 하북팽가에서 일어났던 일을 늘어놨다.

모든 일을 들은 한빈은 재미있다는 듯 하늘을 바라봤다.

심미호가 물었다.

"어떻게 하실 거예요?"

"심 부대주는 어떻게 하는 게 좋을 것 같아?"

"그걸 왜 물어보세요?"

"그냥 심 부대주의 감을 물어보는 거야."

"음, 저는……."

심미호가 잠시 고민할 때 뒤쪽에서 검은 그림자가 툭 튀어나오며 외쳤다.

"누가 들어도 함정이네요!"

"앗, 깜짝이야!"

심미호가 소스라치게 놀라며 목소리의 주인공을 바라봤다.

그곳에는 열다섯 정도 되어 보이는 아이가 올망졸망 눈을 빛내며 서 있었다.

물론 그녀는 전날까지만 해도 흑천의 특급 살수였던 설화였다.

놀람도 잠시 심미호가 고개를 갸웃하자 한빈이 턱짓했다.

"이름은 설화고 새로 들어온 시종이니까, 심 부대주가 잘 보살펴 줘."

"아, 시종을 새로 들이셨군요. 하긴 철노에게 일을 시키는 것도 한계가 있으니까요. 그런데 이렇게 귀여운 아이를 ……."

심미호가 설화의 볼살을 잡으려 하자 한빈이 헛기침하며 말렸다.

"흠, 얘가 피부가 약해서 그러니 조심하라고. 심 부대주."

"아, 그렇군요. 그런데 얘기하는 거 보니 똘망똘망한 것 같네요. 제가 설화랑 얘기해 봐도 돼요?"

"설화가 무슨 물건도 아니고. 심미호 부대주 마음대로 해."

한빈의 허락에 심미호가 환하게 웃으며 설화를 바라봤다.

"지금 한 말이 뭐니? 얘야?"

"무슨 말이요?"

"함정이라는 거 말이야."

"그야 당연한 거 아닌가요? 밀서를 가져온 하남정가 사람이 피투성이가 된 채 왔다면서요?"

"그렇지."

"이제까지 하남정가 쪽에서 온 상행이나 무사가 다친 적이 있었나요?"

"흠, 없었던 걸로 안다."

"그리고, 요즘은 정화 부인이 하남정가로 보내던 상행이 털리는 일이 없지 않나요?"

"그것도 그렇지."

"그런데, 하남정가에서 온 무사가 습격을 받았다면서요. 습격을 받았는데 가져온 물건을 멀쩡히 전달했고요."

"흠, 그래서 네 생각은 뭐니?"

"새로운 적이 나타났다든가? 아니면……."

"아니면, 뭐?"

"다음 얘기를 들으려면 공짜로는 안 돼요."

설화는 해맑게 웃으며 손을 내밀었다.

그 모습에 심미호가 한빈을 힐끔 바라보며 입 모양으로 물었다.

'혹시 주군 친척이에요?'

한빈은 잠시 심미호를 노려봤다.

심미호가 주군인 자신을 평소에 어찌 생각하는지를 알 수 있는 부분이었다.

그래도 오해는 피해야 하기에 한빈은 마지못해 답했다.

'전혀 상관없어. 심 부대주.'

한빈이 입 모양으로 답하자 심미호가 작게 한숨을 내쉬며 품 안에서 철전을 꺼내 설화의 손에 쥐여 줬다.

그 모습을 지켜보던 한빈은 보이지 않게 혀를 찼다.

살수에서 시녀로 직업을 바꾼 설화는 천수장의 생활에 벌써 적응을 한 것 같았다.

철전을 손에 쥔 설화는 낼름 그것을 품 안에 넣고 말을 이었다.

"뭐, 아니 자기들끼리 경극을 하는 거겠죠."

설화의 말에 심미호는 살짝 놀란 듯 눈을 크게 떴다.

"설화야, 너는 어째서 그런 상황을 다 알고 있는 거니?"

"아까 들었어요."

설화는 눈짓으로 한빈을 가리켰다.

심미호는 한빈에게 불만 섞인 목소리로 말했다.

"주군, 시녀한테까지 기밀 사항을 얘기하시면 어떻게 합니까? 얘가 뭘 안다고요? 아직 어린데 좋은 것만 보여 주셔야죠."

심미호는 설화를 꼭 안았다.

그 모습에 한빈은 기가 찬 듯 둘을 바라봤다.

가장 어이가 없는 것은 정화 부인이 보낸 상단을 칼로 썰고 다녔던 것이 바로 설화라는 점이었다.

'자기가 저질러 놓은 일이니 당연히 잘 알겠지.'

하지만, 한빈은 말을 아꼈다.

앞으로는 설화가 흑천의 살수보다는 평범한 백성 혹은 천수장의 무인으로 살아갔으면 하는 바람이었다.

설화를 한참 동안 바라보던 한빈은 이번에는 심미호에게 시선을 돌렸다.

"심 부대주. 지금부터 내가 말한 것 좀 챙겨 와. 그러니까…….."

한빈은 심미호에게 몇 가지 부탁을 했다.

"지금 당장 가져오겠습니다."

"밤길 조심하고."

"네, 주군."

사사—삭!

심미호가 먼지를 휘날리며 사라지자 설화가 뽀로통한 표정으로 말했다.

"조심할 게 뭐가 있다고 걱정하세요. 지나가는 남자 대여섯 명은 찜 쪄 먹게 생겼는데요. 그러지 말고 검이나 부딪쳐 보죠, 공자님."

이젠 한빈을 부르는 호칭까지 자연스러웠다.

설화가 허리에 찬 연검을 톡톡 치며 도발하자 한빈이 피식 웃었다.

"나 쓰러지면 여기서 도망가려고?"

"그야 당연…….."

설화는 말끝을 흐리며 연검을 움켜잡았다.

허리에서 검을 뽑자마자 바로 뒤를 벨 것 같은 태세였다.

한빈이 손을 흔들며 말렸다.

"워어, 조심하라고."

"헉, 그건 무슨 추임새예요? 뭐, 제가 소예요?"

"아무 때나 검을 뽑으려니 그러지."

"뒤에서 살기가……."

설화는 말을 맺지 못하고 새로 등장한 사내를 바라봤다.

하얀 무복에 새겨진 매화가 유난히 눈에 띄었다.

흑천과 구대문파와는 척을 진 상황.

설화는 자신도 모르게 살기를 뿜었다.

그 모습에 화산파의 매화검수 서재오가 화들짝 놀라 뒤로
물러섰다.

"애야, 나한테 왜 그러느냐?"

"……."

설화가 말없이 서재오를 노려보자 한빈이 둘 사이에 끼어
들었다.

순간 사라지는 살기.

한빈이 서재오에게 물었다.

"이 시간에 무슨 일이십니까? 사질뻘 되시는 대협."

이제는 호칭까지 바뀐 상황.

서재오가 못마땅한 표정으로 물었다.

"언제까지 내 검을 피할 건가? 사숙뻘 되는 조카님."

서재오도 맞받아치자 한빈이 웃었다.

한빈과 서재오의 나이 차는 열 살이 넘는다.

이런 식으로 공방을 주고받으면 손해 보는 것은 서재오였
다.

한빈이 의미심장한 표정으로 물었다.

"때가 되었다고 생각하십니까?"

한빈의 질문에 서재오가 반색하며 답했다.

"나는 진작 자네와의 비무를 준비하고 있었다네."

서재오가 허리에 찬 검을 슬며시 잡자 한빈이 한 발 물러서며 팔짱을 꼈다.

"흠, 대협은 아직 준비가 안 되었습니다."

"그게 무슨 말인가?"

"천수장에서의 교관 역할도 미숙하시지 않습니까?"

"흠."

서재오가 헛기침하며 하늘을 올려다봤다.

한빈의 말 그대로였다. 교관으로서 서재오는 밥값을 못 하고 있었다. 요즘은 소대섭에게 교관으로서의 역할에 대해 훈련을 받는 중이었다.

덕분에 소대섭의 몫이었던 굵은 밧줄은 서재오의 차지가 되었다.

그는 요즘 미치고 팔딱 뛸 지경이었다.

무공의 기본은 초식과 그 검로에 따른 내공 운용이었다.

그 묘리를 얼마나 깨치느냐가 무공의 고하를 결정하는 것이라 서재오는 생각했다.

그런데 천수장에서의 수련은 처음부터 끝까지 체력 중심으로 돌아가고 있었다.

서재오는 고개를 내려 자신의 손을 바라봤다.

손에는 여기저기 물집이 생겨 있었다.

화산파에서 새벽부터 밤까지 검을 휘두르던 서재오였다.

그때도 멀쩡하던 손이 천수장에서의 훈련으로 엉망이 된 것이었다.

서재오는 이 훈련에 대해 결론을 내렸다.

그는 한빈이 묘한 악취미를 가지고 있다고 생각했다.

그 악취미란 바로 사람을 괴롭히는 일.

생각이 거기에 미치자 서재오는 맹호사대 대원들에게 이 훈련의 불필요함을 설파했다.

하지만, 맹호사대의 대원들은 하나같이 고개를 내저으며 돌아섰다.

자신의 말에 냉담한 그들의 태도가 서재오는 이해가 되지 않았다.

무게 중심도 안 맞는 귀두도(鬼頭刀)라 불리는 이상한 칼을 휘두르고 있었고 쉬는 시간마다 맛없는 무말랭이를 씹어 먹고 있었다.

어떻게 보면 갖은 고문을 당하는데도 하나같이 한빈의 말이라면 닭이 소라고 해도 믿었다.

말이 안 통하는 천수장에서 생활은 서재오를 미치게 만들었다.

매화 패를 찾기 전에는 여기에서 나갈 수도 없는 일.

여기서 도망친다면 금의위의 강유찬은 서재오를 세상 끝까지 추격할 것이 뻔했다.

생각하면 생각할수록 한숨이 나왔다.

떠올려 보니 자신과 비슷한 처지인 의생 장자명과는 제법 말이 통했다.

그가 서재오에게는 유일한 벗이었다.

잠깐 동안에도 서재오의 표정은 희로애락의 감정이 몇 번이나 스치고 지나갔다.

그의 표정을 보던 한빈이 어이가 없다는 듯 웃으며 말했다.

"그러면 내가 제안 하나를 드리죠."

"말해 보시오. 사숙뻘 되는 조카 양반."

"시험은 술래잡기입니다."

"내가 사 공자와 술래잡기를 할 배분으로 보이는가?"

"말은 정확히 하시죠. 제 배분이 위입니다."

"흠."

"중요한 것은 술래잡기의 대상이 제가 아니라는 점입니다."

"그럼 누구와 한단 말인가?"

"……."

한빈은 말없이 턱짓으로 설화를 가리켰다.

물론 서재오는 고개만 갸웃할 뿐 어떤 반응도 보이지 않았다.

한빈이 말을 이었다.

"방식은 간단합니다. 시녀인 설화가 숨고 나면 일각 후 설화를 잡는 것입니다. 그 시험에서 설화를 이긴다면 비무에 응해 드리죠. 진다면…….'"

내깃거리를 생각하며 한빈이 말끝을 흐리자 설화가 다급히 끼어들었다.

"제가 제안해도 되나요?"

"그래, 네 마음대로 해라. 설화야."

한빈이 고개를 끄덕이자 설화가 서재오를 바라봤다.

"제 부탁 하나를 들어주시는 게 어때요? 아저씨."

천진난만하게 웃으며 제안하는 설화의 모습에 서재오가 피식 웃었다.

딱 보기에도 일반 시녀로 보이는 설화였다.

아무리 잘 봐도 십 대 중반.

그런데 그런 설화가 자신의 추격을 피할 수 있다고?

서재오는 코웃음을 쳤다.

그는 오늘이야말로 한빈과의 비무 성사를 성공시킬 것이라 다짐했다.

그때 한빈이 말했다.

"한평생 술래잡기만 할 수 없으니 기간을 정하죠. 이 시험은 아침까지입니다. 아침까지 못 잡으면 사실 대협이 지는 겁니다."

"하하, 그 말 받아들이지."

서재오가 씩 웃었고 동시에 한빈이 손가락을 튕겼다.

딱!

그 소리에 서재오는 한빈의 손가락을 바라봤다.

그런데 이상한 일이 일어났다.

잠시 한빈의 손에 집중했을 뿐인데 시녀 설화가 시야에서 사라진 것이다.

서재오가 땅을 보며 나지막이 중얼거렸다.

"터가 안 좋은가?"

다음 날 아침.

서재오는 지난밤 이상한 경험을 했다.

설화를 찾으려고 천수장을 뒤지는 도중 몇 번의 이상한 기척을 느꼈던 것이다.

하지만, 막상 이상한 기척이 흘러나오는 곳을 확인해 보면 그곳에는 아무런 흔적도 없었다.

흔적뿐 아니라 기척도 눈 녹듯 사라졌다.

그런 일이 연속되자 서재오는 한빈과의 내기도 잊고 말았다.

등골이 서늘한 느낌이라?

서재오의 결론은 하나였다.

천수장에는 귀신이 있을 수도 있다는 것이었다.

생각해 보니 이곳은 얼마 전까지 귀곡장이라 불리던 곳이었다.

아직도 간간이 귀곡성이 들리는 곳이 이곳이었다.

소대섭에게 듣기로는 바람 소리라 했는데, 이상한 기척까지 겹쳐지자 갑자기 소름이 돋았다.

그때부터 서재오는 설화를 찾는 것을 포기했다.

서재오는 설화가 걱정되기까지 했다.

당돌하기는 했지만, 해맑은 표정의 아이였다.

그런 아이가 자신과의 내기 때문에 귀신에게 당하기라도 한다면?

내기가 아닌 설화의 안전을 위해 밖으로 나가 그녀를 찾아볼까 생각했지만, 간간이 느껴지는 오싹함에 서재오는 뜬눈으로 밤을 지새워야 했다.

아침이 밝아 오자 서재오는 허탈감에 도호를 외쳤다.

"원시천존이시여! 왜 제게 이런 시련을 주시나이까."

서재오는 씻는 것도 잊은 채 어제 입었던 옷 그대로 식당으로 향했다.

서재오는 비틀거리며 한빈을 찾았다.

항복을 선언하기 위해 온 것이었다.

휘청거리며 식당에 들어선 서재오의 눈이 커졌다.

설화가 태연스럽게 한빈의 옆에서 아침을 먹고 있었던 것이다.

"어서 오세요. 아저씨."

설화가 해맑게 웃으며 맞이하자 서재오가 놀라 물었다.

"괜찮은 것이냐?"

"저는 괜찮아요. 그건 그렇고 저하고 한 내기에서 지셨다는 건 인정하시는 거죠?"

"내기?"

"어제 내기하셨잖아요."

"아, 그 내기……."

"네, 맞아요. 어제 대협과 제가 한 내기요."

"아무리 찾아도 없던데……."

"어제 언니들이랑 목욕하고 있었어요."

물론 반은 사실이었다.

목욕한 것은 사실이지만, 체취를 털어 낸 후 설화는 서재오를 은밀하게 감시했었다.

서재오가 느꼈던 오싹함의 정체가 바로 설화의 은밀한 시선이었다.

발달한 그의 오감 때문에 빚어진 오해였던 것이다.

이를 알 턱이 없는 서재오는 고개를 저었다.

"그러고 보니 내가 안 들른 곳이 있긴 있었군."

가만 생각해 보니 여자들의 숙소에는 들르지 않았다.

이것은 도사들의 불문율이었다.

여자 숙소에 숨었다면 자신이 못 찾은 것도 당연하다 생각했다.

서재오는 턱을 매만지며 머리를 굴렸다.

"이 내기는 무효다."

"아, 화산파라서 기대했는데……. 구대문파에서도 화산이 제일이라 하던데……."

"잠시만 기다리거라."

서재오는 손바닥을 보이며 설화의 말을 막았다.

화산을 운운하자 꼰대 같은 원로와 사부가 생각이 난 것이다.

지금 생각해 보니 열다섯 살 먹은 아이가 부탁을 해 봐야 무슨 부탁을 한다는 말인가?

서재오가 말없이 고민하자 설화가 다시 물었다.

"왜 그러세요? 아저씨."

"아무것도 아니다. 네 부탁을 들어주마. 내게 부탁할 것이 무엇이냐? 정도를 벗어나지 않으면 무엇이든지 들어주마."

"제가 부탁할 것은……."

"편하게 말해 보아라."

"달아 둘게요."

"……."

서재오는 말없이 설화를 바라봤다.

그는 방금 설화에게서 한빈에게 받았던 불길한 느낌을 받았다.

그것도 잠시 서재오는 허탈하게 웃었다.

"그래, 나중에 생각나면 말하거라."

"네, 아저씨."

설화는 예의 바르게 허리를 꾸벅 숙였다.

그 모습에 서재오는 안심하는 듯 고개를 끄덕였다.

서재오가 자리를 뜨자 한빈이 말했다.

"서재오 저 사람, 운이 좋았군."

"운이 좋다니요?"

설화가 고개를 갸웃하며 묻자 한빈이 의미심장하게 웃었다.

"다른 건 아니고, 지금 부탁에 조건을 붙였잖아. '정도를 벗어나지 않는다면'이라고."

"아."

설화가 한빈을 흘겨봤다.

모른 척하면서도 중간에 서서 주판알을 튕기는 것 같았기 때문이다.

그때 멀리서 심미호가 초췌한 모습으로 다가왔다.

그 모습에 한빈이 슬며시 웃었다.

천수장에서부터 하북팽가까지 두 번을 왕복했으니 기력이

남아 있을 리 없었다.

그래도 저 정도의 경공이면 어디서 눈먼 칼에 맞아 죽지는 않으리라 생각하니 뿌듯하기도 했다.

한빈의 지척까지 온 심미호가 각 잡힌 포권을 했다.

"주군, 다녀왔습니다."

"여기에 내려놓고 어서 가서 쉬어라."

"네, 알겠어요."

심미호가 자루를 내려놨다.

쨍!

바닥에 놓인 자루 안에서 쇠 부딪히는 소리가 경쾌하게 울렸다.

그 여운이 가시기도 전에 심미호는 잽싸게 자리에서 사라졌다.

한빈의 마음이 바뀌어 다른 명을 내리지 않을까 두려워서였다.

심미호가 자리를 떠나자 설화가 물었다.

"그게 뭐죠?"

"비밀이야!"

한빈은 어깨를 으쓱하며 자루를 가지고 떠났다.

그의 뒷모습을 본 설화는 팔짱을 끼며 한숨을 내쉬었다.

"휴, 저것의 정체는 과연 뭘까?"

고개를 갸웃한 설화는 하늘을 올려다봤다.

그녀가 생각하기에 이곳 천수장은 이상한 곳이었다.

저주받은 곳에 수련장을 세운 것도 이상한데, 화산파의 매화검수가 빈객으로 머물고 있었다.

서재오와의 어젯밤 내기는 전적으로 설화 자신이 유리했었다.

설화를 평범한 소녀로 착각했기에 얻은 승리였다.

자만이라는 두 글자가 승패를 갈랐다.

그래도 첫출발은 나쁘지 않았다고 설화는 평가했다.

살수가 아닌 일반 무인으로서의 삶이 이렇게 편안한지는 처음 알았다.

설화가 천수장에서의 첫날을 평가하고 있을 때였다.

뒤쪽에서 풀 밟는 소리가 들려왔다.

사사—삭.

설화는 반사적으로 고개를 돌렸다.

그곳에서는 웬 거지가 하얀 이를 드러내고 웃고 있었다.

설화가 고개를 갸웃하자 거지 노인이 말했다.

"못 보던 아이로구나."

그 첫마디에 설화가 침을 꿀꺽 삼켰다.

상대의 경지가 심오함을 알아본 것이다.

설화는 본능적으로 상대를 살폈다.

설화의 눈에 들어오는 매듭.

하나, 둘, 셋……

설화의 눈이 파르르 떨렸다.

'무제자 홍칠개!'

설화가 떠올린 이름이었다.

그때 다시 목소리가 들려왔다.

"거참, 내가 그렇게 무서운 것이냐? 아이야."

"아, 아닙니다요."

설화는 말을 더듬으며 재빨리 포권했다.

그 모습에 홍칠개가 말했다.

"절도 있는 포권을 보니, 무가의 자식인가 보구나."

홍칠개가 씩 웃자 설화가 손을 내저었다.

"아, 아니에요."

홍칠개의 기세 앞에 자신도 모르게 포권한 것은 분명 실책이었다.

자신은 이곳에서 어디까지나 시녀로 머물러야 했다.

그때 뒤쪽에서 그림자가 나타났다.

이번에는 어떤 기척도 없었다.

고개를 돌려 보니 사라졌던 한빈이 다시 나타났다.

홍칠개와 한빈 사이에 낀 설화는 멋쩍게 웃었다.

그때 홍칠개가 말했다.

"구걸십팔보가 눈에 띄게 좋아졌구나. 조금만 있으면 나를 넘어서겠어."

그 말에 설화는 소스라치게 놀랐다.

구걸십팔보를 전수받았다는 것은 홍칠개의 제자라는 말이
었다.

하북팽가의 직계가 아니라 개방의 제자?

게다가 검술의 달인?

아무리 생각해도 답이 나오지 않았다.

그때 한빈이 물었다.

"아니 먼 길 떠나실 것처럼 그러시더니 언제 오셨습니까?"

"배고파서 왔다. 껄껄"

"하하, 잘 오셨습니다."

한빈이 웃으며 홍칠개를 잡아끌고 식당으로 향했다.

홀로 남은 설화는 멍하니 그들을 바라봤다.

설화는 지금의 광경이 혼란스럽기만 했다.

아무래도 설화는 계획을 수정해야 했다.

이곳 천수장의 일원으로 녹아들 필요가 있다고 판단했다.

그날 오후.

집법당 무사들이 한빈의 앞에 섰다.

"가주 대행의 명을 전달합니다."

한빈은 명을 전하는 집법당 무사 앞에 포권했다.

"명 받들겠습니다."

"사 공자 한빈은 이 서찰을 받고 임무를 받을 것인지 아니면 포기할 것인지를 정하시오."

말을 마친 집법당 무사는 서찰을 전달했다.

서찰을 받은 한빈이 자리에서 일어났다.

한빈은 서찰을 펴 보지도 않은 채 말했다.

"이번 임무를 받겠습니다."

"헉."

집법당 무사가 놀랐다.

그들도 이번 임무에 대해서는 대충 알고 있었다.

사실 그들끼리 이곳에 오며 내기를 했었다.

위험도만 높고 실속이 없는 임무였다.

멍청하다면 받을 것이고 조금이라도 사리 분별을 한다면 거부할 것이라 생각했다.

그런데 서찰을 펴 보지도 않고 임무를 덥석 받은 것이다.

긴 탄성의 끝에 집법당 무사가 다시 물었다.

"서찰을 확인하지 않으셔도 되겠습니까?"

"가문의 명이라면 응당 따라야 하는 것이 도리이거늘, 선택을 한다는 것이 가문에 대한 불충이 아니겠소?"

"가주 대행께서는 사 공자님이 선택하실 수 있는 여지를 주셨습니다. 그에 대한 이유가 있을 터, 서찰을 확인해 보시는 것이 좋을 것 같습니다."

한빈이 고개를 저었다.

"이 서찰을 확인할 필요는 없네. 내 준비되는 대로 본가로 건너갈 터이니 가주 대행께는 그리 전하게."

"네, 알겠습니다."

집법당 무사가 깊이 포권하며 뒷걸음쳐서 물러났다.

가주 앞에서만 하는 예의였다.

그런데 한빈에게도 똑같이 하고 있는 것이었다.

가문을 위해서라면 어떤 위험도 마다하지 않겠다는 한빈의 마음에 감복한 것이었다.

집법당 무사들은 이제까지 못 느꼈던 제왕의 기세를 느꼈다.

집법당 무사들이 물러나자 이 광경을 보고 있던 소대섭이 물었다.

"괜찮으시겠습니까, 주군?"

"뭐가 괜찮아? 소 대주."

"서찰 말입니다. 뭔가 심각한 임무 같은데요."

"아, 이 서찰?"

손에 든 서찰을 바라본 한빈은 아무렇지도 않게 뒤로 던졌다.

"헉."

소대섭이 놀라 재빨리 서찰을 받았다.

"그거 잘 가지고 있어. 참, 뜯지는 말고."

손을 흔든 한빈이 사라지자 소대섭은 주위를 두리번거렸다.

그때 웃고 있는 심미호와 눈이 마주쳤다.

"심 부대주, 지금 무슨 일이 일어난 거야?"

"아마 주군이 기다리던 일인 것 같아요."

"기다리던 일?"

"대주님은 주군이 이제까지 너무 넉넉했다고 생각하지 않나요?"

"주군이 넉넉했다고?"

소대섭은 해답을 찾으려는 듯 눈을 가늘게 떴다.

그 모습에 심미호가 말했다.

"생각해 보세요. 둘째 공자와 셋째 공자에게 어떻게 대했는지요. 모두 용서했잖아요."

"그건 그렇지. 그런데 그건 주군이 결정 내린 건 아니잖아."

"그래도 끝까지 물고 늘어졌다면, 삼 공자는 아직도 뇌옥에 갇혀 있을 거잖아요."

"음, 그건 그러네. 그러니까, 심 부대주 말은 주군이 상대를 봐줬고 거기에는 이유가 있단 말이지?"

"네, 원래 개구리가 뛰기 전에 움츠리는 법이잖아요."

"흠."

소대섭은 눈을 가늘게 뜨고 한빈이 사라진 자리를 바라봤다.

그가 생각하기에 주군인 한빈은 움츠린 적이 없었다.

하북 무림을 들썩이게 만든 것이 한빈이었는데 그 행보가
움츠린 것이라면?

소대섭은 고개를 휘휘 저었다.

며칠 후.

한빈은 하북팽가 가주전으로 들어갔다.

가운데에는 가주 대행인 집법당주 팽대위가 있었고 그 옆
으로 원로와 각주가 한빈을 바라보고 있었다.

비록 몇 걸음 떨어지지 않은 곳에서 마주하고 있었지만,
중간에는 만리장성이라도 놓인 듯 한빈 측과 원로 측은 공기
가 달랐다.

원로들의 눈빛은 잘 벼린 칼날처럼 날카롭기 그지없었다.

마치 한빈이 어떤 실수를 하는지 놓치지 않겠다는 표정이
었다.

호랑이가 아니라 먹이를 앞에 둔 승냥이의 모습이었다.

하지만, 한빈은 웃음을 잃지 않았다.

"제게 중대한 임무를 맡겨 주셔서 감사합니다."

뜻밖의 말에 원로들이 웅성대기 시작했다.

하지만, 바로 팽대위가 손을 들어 소란을 진정시켰다.

그러고는 한빈을 바라보고 말했다.

"사 공자, 이 임무가 좋아할 일만은 아니라는 것을 알고 있지 않느냐?"

"강남 무림의 기둥이시자 하남정가의 가주이신 정무룡 대협의 목숨이 제 어깨에 달렸습니다. 이런 중대한 임무를 맡겨 주셨는데 어찌 좋아하지 않을 수 있겠습니까?"

한빈의 말에 여기저기서 헛기침 소리가 튀어나왔다.

"허."

"그거참."

하지만, 그들의 헛기침은 한빈의 다음 말에 멈췄다.

"팽가에 그 많은 고수가 이 임무를 맡기 위해……."

한빈은 말끝을 흐리며 주변을 바라봤다. 그 전까지 한빈을 날카롭게 쏘아보던 원로와 각주 들이 시선을 피한다.

그 모습에 한빈이 씩 웃었다.

"나섰다고 들었습니다. 그런데도 이 임무가 제게 왔다는 것은 저를 그만큼 인정해 주시는 것이 아닐는지요."

"……."

이번에는 헛기침 소리조차 들리지 않았다.

그들은 그제야 한빈이 자신들에게 일침을 가한 것이라는 것을 알아챘다.

그때 주작각주 가기군이 포권했다.

"네, 이 일을 맡아 주신 것만으로도 저 가기군은 사 공자님을 지지하는 바입니다."

한빈도 일어나 가기군을 보며 포권했다.

가기군은 전에 비무를 벌였던 다섯 도객 중 하나였다.

그는 정보를 담당하는 주작각의 각주로서 어떤 공자에게도 지지를 보내지 않았다.

그런데 이번에 공식적으로 한빈을 지지한다 표한 것이다.

한빈이 말했다.

"감사합니다, 주작각주님. 그런데 말입니다. 나머지 원로님과 각주님도 같은 의견이라고 봐도 되겠습니까?"

한빈의 물음에 가기군이 작게 웃으며 주변을 둘러봤다.

시선이 마주친 원로와 각주 들이 시선을 피한다.

가지고 있기 싫은 뜨거운 토란을 한빈에게 떠넘기고는 지지는 보내기 싫다는 표정이다.

그도 그럴 것이 그들 대부분은 벌써 첫째 공자와 둘째 공자의 뒤에 줄을 섰다.

하지만, 가기군은 모르는 척 답했다.

"아마도요."

한빈이 원로와 각주에게 가볍게 포권했다.

"여러분들의 지지 감사히 받겠습니다."

"흠."

"험."

여기저기서 튀어나오는 헛기침 소리에 팽대위가 웃음을 참는 듯 수염을 꿈틀댔다.

그것도 잠시, 표정을 바꾼 팽대위가 내공을 실어 외쳤다.

"이제 거기까지!"

서로 각을 세우는 것은 여기까지 허용하고 본론을 말하겠다는 것이다.

장내가 조용해지자 팽대위가 말했다.

"사 공자도 우리 상행이 여러 차례 습격을 받았다는 것은 알고 있을 것이다."

"네, 알고 있습니다."

"하지만, 이번 임무에서는 그 어떤 실수도 용납되지 않는다."

"네, 그것도 명심하고 있습니다. 그래서 제안드릴 것이 있습니다."

위풍당당한 한빈의 말투에 모두가 고개를 갸웃할 때 팽대위가 말했다.

"어떤 제안인지 말해 보아라."

"저는 이번 임무에서 천리 표국의 도움을 받고자 합니다."

"흠."

팽대위가 잠시 침음을 삼켰다.

동시에 원로들이 자리에서 일어났다.

"그게 말이 된다고 생각하나, 사 공자?"

"그렇소! 어떻게 천리 표국의 도움을 받는다는 말인가?"

"나는 귀곡장을 넘겨받을 때부터 천리 표국과 모종의 관계가 있음을 알아봤소."

"허허, 하북팽가의 위신이 땅에 떨어질 일이야."

그때였다.

스르릉!

한빈이 검을 뽑은 것이다.

월아는 한빈의 감정을 나타내는 것처럼 냉기를 펄펄 날리며 푸른 검기를 토해 냈다.

그 와중에 팽대위는 팔짱을 끼고 한빈과 원로들의 기 싸움을 지켜봤다.

난데없는 상황에 원로들이 숨을 죽였다.

소란이 진정되자 한빈이 말했다.

"저는 하북팽가에 누가 되는 일이 없다는 것을 이 검에 맹세합니다."

동시에 월아를 감쌌던 검기가 사라졌다.

한빈이 아무 일도 없었다는 듯 말을 이었다.

"여러분께 한 가지 물을 것이 있습니다."

"……."

"곤륜파의 보물이자 하남정가의 가주를 구할 보물인 청명환이 하북팽가를 떠나 남쪽으로 간다는 것을 모르는 강호인이 있을까요?"

"그게 무슨 말이요?"

원로 중 하나가 외치자 한빈이 피식 웃으며 말을 이었다.

"제가 알기로는 소문이 파다합니다. 그 소문을 과연 누가 냈을까요?"

"그야, 사 공자가 떠들면서 다녔을지도 모를 일이지 않소?"

원로의 말에 한빈이 뒤를 바라봤다.

그곳에는 소대섭이 긴장한 표정으로 서 있었다.

순간 한빈이 손가락을 튕겼다.

딱!

동시에 소대섭이 번개처럼 달려와서는 한빈 앞에 멈췄다.

소대섭은 품속에서 서찰을 꺼내 한빈에게 공손하게 바쳤다.

한빈이 움켜쥔 서찰을 들어 올렸다.

그 모습에 원로들은 고개를 갸웃했다.

모두의 호기심이 극으로 치달았을 때 한빈이 말을 이었다.

"이것은 이번 임무에 대한 서찰입니다. 이것을 보시면 아시겠지만, 저는 어떤 명령인지도 모르고 이번 임무를 받아들였습니다."

"집법당 무사들에게 듣긴 했지만, 그게 어떻게 증거가 될 수 있단 말이오. 사 공자."

원로가 각을 세우자 한빈이 작게 웃었다.

"이 서찰을 확인해 보시죠."

말을 마친 한빈은 그 서찰을 원로에게 던졌다.

휙!

탁!

서찰을 받아 든 원로가 고개를 갸웃하며 물었다.

"이 서찰이 어떻게 증거가 된다는 말이오?"

"서찰을 자세히 보시죠."

한빈의 말에 다른 원로와 각주 들이 그의 주변에 모여들었다.

한빈이 다시 말을 이었다.

"서찰에 찍힌 봉인을 보시면 제가 한 번도 그것을 뜯지 않았다는 것을 알 수 있습니다. 그럼 누가 소문을 퍼뜨렸을까요? 아무것도 모르는 저일까요? 아니면 이미 이 임무에 대해 논의를 끝낸 여러분들일까요?"

순간 장내가 정적에 휩싸였다.

"흠."

"허허."

여기저기서 헛기침 소리가 흘러나올 때 각을 세우던 원로가 눈을 가늘게 떴다.

"그러면, 임무에 대해서는 어떻게 안 것이오? 여기에 올 때부터 알고 있던데 말이오."

"그건 간단합니다."

말을 마친 한빈은 품 안에서 매듭 하나를 꺼냈다.

그것은 홍칠개가 전해 준 붉은 매듭이었다.

한빈은 매듭을 살랑살랑 흔들며 말을 이었다.

"제 사부가 누구라는 것은 소문으로 알고 계실 겁니다. 저는 개방을 통해서 누가 막중한 임무에 대해서 소문을 퍼뜨렸는지 수소문하던 중이었습니다. 물론 그 과정에서 어떤 임무인지를 알 수 있었고요."

한빈이 희미하게 웃으며 주변을 둘러봤다.

그와 눈이 마주친 자 중 몇몇은 황급히 고개를 숙였다.

"아무래도 제 발 저리시는 분이 계시는군요. 제가 천리 표국에게 도움을 청하는 이유는 간단합니다."

한빈의 말을 팽대위가 받았다.

"사 공자는 소상히 말해 보아라."

"네, 그 이유를 말씀드리자면……."

한빈의 설명이 계속되자 원로와 각주 들의 눈빛이 살짝 떨렸다.

그만큼 한빈의 생각은 파격적이었다.

간단히 말해 천리 표국에게 의뢰할 임무는 운송이 아니라 한빈에 대한 호위였다.

딱 거기까지만 일을 맡기겠다는 것.

실리는 자신이 챙기고 짐은 천리 표국에게 넘기겠다는 말이었다.

계획을 들은 팽대위가 고개를 기울이며 물었다.

"천리 표국에서는 부탁을 들어준다더냐? 지금에 대해서도 상의를 해 봐야 하거늘……."

걱정스러운 눈빛으로 한빈을 바라보던 팽대위는 더욱 의문에 싸였다.

한빈의 미소가 점점 짙어지는 것 같았기 때문이다.

전에 이 모습을 봤다면 하룻강아지라 치부했겠지만, 팽대위가 바라보는 지금 한빈의 모습은 새끼 호랑이 정도는 되었다.

팽대위는 한빈의 다음 말을 기다렸다.

모두가 잠잠한 가운데 문이 열리고 무사가 달려왔다.

덜컹!

다급하게 달려온 무사가 팽대위에게 포권하며 외쳤다.

"천리 표국에서 방문했습니다!"

동시에 모든 시선이 한빈에게 모였다.

천리 표행

팽대위가 황당하다는 듯 한빈을 바라봤다.

"의뢰는 의뢰라 치고 표행에 대한 비용은 어떻게 감당하려고 단독으로 결정했느냐?"

그의 말투에는 책망이 섞여 있었다.

모든 원로도 고개를 끄덕였다.

팽대위의 책망은 누가 봐도 일리가 있었다.

무림의 보물을 운송하는 의뢰였다. 그게 한두 푼도 아닐 터였다.

그렇다면 개인과 개인의 협상이 아닌 가문과 가문의 협상으로 진행되어야 맞는 말이었다.

그때 원로 중 하나가 다시 일어났다.

"사 공자가 이 일에 대해 모두 책임지시겠는가?"

핵심을 찌르는 질문에 모두가 한빈을 번갈아 바라봤다.

그때 한빈의 입가에서 묘한 미소가 피어났다.

그 웃음의 정체는 과연 무엇일까?

모두가 궁금해하는 가운데 한빈이 입을 열었다.

"비용은 제가 모두 부담하겠습니다. 대신!"

한빈이 말을 끊고 모두를 바라봤다.

모두가 숨을 참고 한빈의 다음 말이 떨어지기를 기다렸다.

한빈이 표정을 바꾸며 말했다.

"그 이익도 온전히 제가 취하겠습니다. 물론 실패한다면 그 책임도 제가 지겠습니다."

"그건……."

원로가 다급히 나서려 하자 한빈이 손바닥을 보이며 말했다.

"혹시 저 대신 하남까지 가시겠다는 분이 계시면 언제든 양보하겠습니다."

"흠."

원로가 고개를 돌리며 자리에 앉자 한빈이 말했다.

"한시가 급한 줄로 알고 있습니다. 저는 준비됐으니 어서 물건을 주시죠."

한빈의 말에 팽대위가 수하에게 지시를 내렸다.

"어서 청명환을 대령하라!"

잠시 후.
정화 부인이 청명환을 들고 가주전에 나타났다.
사뿐사뿐 걸어온 그녀는 한빈의 앞에 섰다.
"사 공자는 영약으로 강남 무림의 기둥인 하남정가를 구해
주세요."
그녀는 주변의 시선 때문인지 말투까지 바꿨다.
하지만, 눈빛만은 쥐를 앞에 둔 뱀처럼 서늘했다.
"네, 알겠습니다."
한빈이 그녀에게 상자를 건네받았다.
둘 사이에는 보이지 않는 기세가 오갔지만, 사람들은 그러
려니 하고 신경도 쓰지 않았다.
다만, 심미호만이 눈을 가늘게 뜨며 이 광경에 집중했다.
사실 심미호가 집중하고 있는 것은 둘의 기세 싸움이 아니
었다.
심미호가 주의를 기울이는 것은 정화 부인이 건넨 상자였
다.
그 상자는 며칠 전 자신이 하북팽가에서 몰래 가져온 상자
와 똑같았다.
다음 날 한빈은 그 상자를 다시 가져다 두라고 지시했다.
한빈의 지시에 따라 그 상자를 하북팽가의 창고에 가져다

둔 것이 바로 어젯밤이었다.

심미호는 이게 어떻게 된 일인지 감을 잡을 수 없었다.

한빈이 힐끔 심미호를 바라보며 의미심장한 웃음을 지었다.

그때 누군가가 속삭였다.

"저건 한철 궤(寒鐵櫃)잖아."

"한철 궤라고?"

"만년한철의 백분지 일 가격이긴 해도 영약을 보관하기에는 저보다 좋은 게 없지."

그들의 말에 심미호가 다시 한빈을 바라봤다.

한빈은 청명환을 저 상자에 담을 것을 예상했던 것이 분명했다.

그렇다면 저 상자를 훔쳐 오게 했으면서 그다음 날 왜 다시 가져다 놓으라고 했을까?

심미호는 아무리 생각해도 해답을 찾을 수 없었다.

그때였다.

팽대위가 외쳤다.

"한시가 급한 임무이니, 사 공자는 준비가 되는 대로 출발하라!"

"저는 이미 모든 준비가 됐습니다. 앞에서 기다리는 천리표국의 표객들과 합류해서 바로 떠나겠습니다."

한빈은 깊숙이 포권한 뒤 바로 돌아섰다.

하북팽가의 대문 앞.

팽가의 경비 무사들은 고개를 갸웃하며 천리 표국에서 왔다는 표사들을 바라봤다.

경비 무사들은 아무 말도 못 하고 멀찌감치 떨어져 호기심 가득한 눈으로 구경만 할 뿐이었다.

그때 뒤쪽에서 웅성거리는 소리가 들리며 집법당주 팽대위와 일행이 걸어왔다.

팽대위가 경비 무사에게 물었다.

"천리 표국에서 왔다는 표사들은 어디 있느냐?"

"저쪽에서 휴식을 취하고 있습니다."

경비 무사가 멀찌감치 떨어져 있는 표사들을 가리켰다.

팽대위는 오른손으로 햇볕을 가리며 두리번거렸다.

그의 눈에 예상했던 대규모의 행렬이 보이지 않았기 때문이다.

한참을 살피던 팽대위가 다시 물었다.

"선발대가 아니라 본행렬이 어디 있냐고 물었다."

"집법당주님, 저 행렬이 다입니다."

무사의 설명에 팽대위의 눈이 커졌다.

지금 그의 눈앞에는 말도 안 되는 상황이 펼쳐져 있었다.

마차를 모는 마부 한 명에 두 명의 표사가 그늘에서 쉬고 있을 뿐이었다.

천리 표국에서 보냈다고 하는 인원이 달랑 셋밖에 없다고?

미치고 팔짝 뛸 노릇이었다.

팽대위는 고개를 돌려 한빈을 바라봤다.

눈길이 마주친 한빈이 말했다.

"저 인원이 전부인 것 같습니다, 집법당주님."

"지금 뭐라 했느냐? 저 인원으로 하남까지 가겠다는 말이더냐?"

팽대위가 놀라 다시 묻자 한빈이 말했다.

"네, 맞습니다. 이 작은 상자 하나 옮기는 데 많은 인원을 동원하는 것은 닭 잡는 데 소 잡는 칼을 쓰는 것이라 생각합니다."

"너는 이 여정의 의미를 알고 있느냐?"

"네, 알고 있습니다. 그래서 소수 정예로 길을 떠나고자 합니다."

"그럼 나머지 인원은 맹호사대에서 보충하겠다는 것이구나."

"아닙니다. 이 인원이 전부 다입니다."

한빈이 씩 웃자 팽대위는 눈을 가늘게 떴다.

자신이 새끼 호랑이로 인정한 한빈이었다. 아무 대책 없이 이런 인원을 꾸리지는 않았을 것이었다.

팽대위의 뒤에서 상황을 바라보던 원로들과 각주들도 섭

게 나서지 못했다.

괜히 여기서 나섰다가는 당신이 대신 떠나라며 덤터기를 쓸 것 같아서였다.

팽대위가 결심한 듯 말했다.

"그럼 다녀오거라."

"네, 다녀오겠습니다."

한빈이 포권하며 천리 표국의 표사들이 있는 곳으로 걸어갔다.

마차 앞까지 간 한빈이 손가락을 튕기자 어디선가 설화가 나타났다.

설화는 조그마한 보따리를 들고 있었다.

"여기요, 공자님."

"그래, 수고했다."

그때 재빨리 달려온 소 대섭이 걱정스러운 눈빛으로 물었다.

"주군, 진짜 설화하고만 가시렵니까?"

"내가 한 입으로 두말하는 거 봤어?"

"그건 아니지만, 이런 소수 인원에 설화만 데리고 위험한 길을 떠나신다는 게 이해가 되지 않습니다. 제가 못 미더우시면 심 부대주라도 데려가십시오."

옆에 있던 심미호도 고개를 숙이며 말했다.

"주군, 제가 못 미더우시면 이무명 호위라도 데려가세요."

말을 마친 심미호가 힐끔 이무명을 돌아봤다.

시선을 받은 이무명이 답했다.

"제가 못 미더우시면 화산파의 서재오 대협이라도……."

그 옆에 서 있던 서재오는 재빨리 헛기침을 하며 고개를 돌렸다.

"흠."

그때 맹호사대의 대원들도 동시에 각 잡힌 포권을 하며 외쳤다.

"저희도 따르겠습니다!"

그들의 모습에 한빈은 활짝 웃었다.

자신을 걱정해 주는 그들에게서 진심을 느꼈던 것이다.

전생의 기억이 새록새록 솟아났다.

물론 이번 생은 전생과 다를 것이었다.

한참 동안 말없이 그들을 바라보던 한빈이 말했다.

"누가 보면 죽으러 가는 줄 알겠다. 소대섭 대주."

"네, 주군. 말씀만 하십시오."

"대주는 이거나 나눠 줘."

한빈은 설화에게서 받은 보따리를 건넸다.

보따리를 받은 소대섭은 고개를 갸웃했다.

안에 무엇이 들어 있는지는 몰라도 너무 가벼웠기 때문이다.

그때 한빈이 표사들과 몇 마디 나누더니 마차에 올라탔다.

마차에 올라탄 한빈이 외쳤다.

"출발!"

동시에 마차가 천천히 떠났다.

그 모습을 본 소대섭은 아쉬움에 하늘을 올려다봤다.

도저히 이해가 안 되는 상황이었다.

어떤 이가 적이 되어 영약을 노릴지 모르는 상황인데, 저리 태평하게 몇 안 되는 표사의 호위를 받으며 떠난다니?

게다가 시녀 하나만 달랑 데리고 떠났다.

저것은 태풍이 휘몰아치는 벌판에서 종이 연을 날리는 것과 같은 일이었다.

아마도 며칠 안 가서 종이 연이 너덜너덜해지리라.

이것은 소대섭의 생각이자 맹호사대 모두의 생각이었다.

그때 심미호가 소대섭의 어깨를 조심스럽게 두드렸다.

"대주!"

"어, 왜 그래? 심 부대주."

"그 보따리는 뭐예요?"

"아, 그러고 보니…….."

소대섭은 그제야 한빈이 전한 보따리를 바라봤다.

한빈은 분명 이 보따리를 나누어 주라고 했었다.

소대섭은 다급히 보따리를 풀어 봤다.

좌르륵.

보따리를 풀자 서찰이 한가득 나왔다.

난데없는 상황에 모두가 서찰을 중심으로 모였다.

서찰에는 각각 이름이 쓰여 있었다.

　소대섭.

　심미호.

　조호.

　장삼.

　서재오.

　……

이것은 천수장에 머무는 모든 이에게 보내는 서찰이었다.

　거기에 더해 서찰의 접는 부분에 밀랍을 떨어뜨려 봉인을
해 놓았다.

　모두는 자연스레 자신의 이름이 적힌 서찰을 집어 들었
다.

　서찰을 모두 집어 들자 보따리에 적어 놓은 글씨가 눈에
들어왔다.

　　각자 확인한 후 서찰은 반드시 폐기할 것.

짧지만, 그 글귀가 의미하는 바는 명확했다.

이 서찰은 모두에게 보내는 밀서였다.

쫘악!

서찰을 여는 소리가 동시에 울리고 모두는 눈을 가늘게 뜬 채 한빈의 지시를 몇 번이고 되새김질했다.

서찰을 확인하던 사람 중에 제일 기뻐하는 것은 서재오였다.

서재오는 주먹을 불끈 쥐었다.

드디어 매화 패를 찾을 방도가 생긴 것이다.

서재오는 한빈이 전한 말을 꾹꾹 눌러 머리에 담으며 다짐했다.

서찰에 쓰인 대로만 하면 한빈이 매화 패를 건네주기로 한 것이다.

'조금만 기다려라, 매화 패.'

이를 악물며 매화 패를 찾을 것을 다짐하던 서재오는 천수장에서 사귄 친우 장자명을 힐끔 바라봤다.

모두가 서찰을 뜯어 보는 가운데 장자명만은 꾸벅꾸벅 졸고 있었다.

"장 의원, 괜찮소?"

"앗, 다 됐습니다. 다 됐어요."

장자명이 졸다가 벌떡 일어나 주위를 두리번거렸다.

누가 봐도 꿈을 꾼 것 같은 모습이었다.

서재오는 장자명의 어깨를 토닥이며 말했다.

"어젯밤 무리했나 보군요, 장 의원. 환자가 끊이질 않으니, 뭐."

"아, 어제는 환자가 없었었습니다. 다만, 사 공자가 부탁한 일 때문에 밤을 꼬박 새웠습니다."

"허허, 그 인간은 피도 눈물도 없는 인간이구려."

"그렇죠. 제가 보기에는 피 대신 독이 들어 있는 인간입니다."

"허, 장 의원 말이 맞소. 그 인간은……."

서재오는 말끝을 흐렸다. 갑자기 등골이 오싹한 느낌이 들어서였다.

서재오는 바로 그 이유를 알 수 있었다.

수십 쌍의 눈동자가 자신과 장자명을 둘러싸고 죽일 듯 노려보고 있던 것이었다.

"지금 주군을 욕한 거 맞죠?"

"와, 이 사람들 그렇게 안 봤는데."

"화산파의 매화검수면 우리 주군을 욕해도 되나?"

"근묵자흑이라는 말이 맞는 것 같아. 착한 장자명 의원까지 물들었잖아."

그들의 아우성에 서재오는 재빨리 자리를 떠나야 했다.

한편 덜컹거리는 마차 안, 아무 근심 없이 마차에 기대어 졸고 있는 한빈이 갑자기 눈을 떴다.

설화가 다급하게 물었다.

"왜 그래요?"

"누가 내 욕을 하는 것 같아서 그래."

한빈이 뒤쪽을 돌아보며 마차가 지나온 길을 바라봤다.

그 모습에 설화가 웃었다.

"풋, 누가 공자님을 욕한다고 그래요?"

"너도 속으로 내 욕 하고 있잖아."

"헉."

설화가 재빨리 고개를 돌리자 한빈이 마차의 쪽문을 열고 밖을 바라봤다.

아무 일도 없는 듯 구름이 떠가고 그 아래로는 수풀이 스쳐 지나가는 평화로운 풍경이 계속된다.

한빈이 옆구리에 끼고 있던 한철 궤를 꺼냈다.

"뭐 하시게요?"

"잠시만, 기다려 봐."

한빈이 자리에서 일어나 자신이 앉았던 자리를 톡톡 두드렸다.

한빈이 좌석을 두드리자 아래에서 소리가 들렸다.

찰칵.

마치 보물 상자가 열리는 것 같은 모습에 설화는 눈을 크게 떴다.

좌석을 살짝 든 한빈이 한철 궤를 넣자 다시 찰칵하는 소리가 들렸다.

그러고는 아무렇지도 않게 방금 넣었던 한철 궤를 다시 꺼냈다.

이상한 모습에 설화가 물었다.

"지금 뭐 한 거예요?"

"그냥 숨길 곳을 찾아본 거지. 궁금하면 말해 주고."

"진짜 말해 줄 거예요?"

설화의 말에 한빈이 손을 내밀었다.

"질문 하나당 은전 한 냥부터 시작하지."

"허, 강호에는 눈 뜨고 있는데 코 베이는 경우가 허다하다고 하더니, 시녀를 등치는 주인도 있네요."

"그런 주인 만난 게 다행인 줄 알아. 강호에는 눈 감으면 코 베어 가는 놈들이 더 많으니까. 그것도 눈 깜짝할 사이에 말이지."

그 말에 설화가 피식 웃었다.

하지만 그녀의 눈길은 한철 궤에서 떠나지 않았다.

잠깐 한철 궤를 넣었다 뺀 한빈의 행동이 이상했기 때문이다.

하지만, 그녀는 고개를 갸웃하다가 이내 멈췄다.

한빈이 무엇을 하든 그것은 자신의 권한 밖의 일이었다.

이번 임무에서 한빈이 죽는다면 자신은 조용히 흑천으로

돌아가면 되었다.

만약 성공한다면?

천수장에 조금 더 머물러야 하겠지만, 한빈이 이번 임무를 성공할 확률은 거의 없었다.

그만큼 이번 여정에 대한 소문은 강호에 파다하게 퍼졌다.

정파는 몰라도 사파에서는 눈에 불을 켜고 청명환을 빼앗기 위해 달려들 것이 뻔했다.

이 부분에서 설화는 이해가 안 되는 부분이 하나 있었다.

이 임무에 대해 소문을 낸 것이 팽가의 장로들과 각주들일 것이라며 그들을 협박했지만, 소문을 내는 데 가장 많은 힘을 쏟은 것은 한빈 자신이었다.

스승인 홍칠개에게 부탁해서 이번 임무에 대한 소문을 개방을 통해 퍼뜨렸으니 말이다.

이것은 섶을 지고 불에 뛰어드는 것을 넘어, 미리 온몸에 기름을 붓고 불길이 다가오기를 기다리는 모습과도 같았다.

이런 설화의 생각을 모르는 듯 한빈은 소풍이라도 나온 것처럼 밖을 바라보며 휘파람을 불었다.

휘이이.

그 휘파람 소리에 설화는 고개를 흔들었다.

마치 적이 오라고 노래를 부르는 것처럼 보였기 때문이다.

한빈이 갑자기 고개를 돌려 설화를 바라봤다.

"뭘 그렇게 봐?"

"너무 태평하다고 생각하지 않아요?"

"내가 여기서 긴장해야 하나?"

"그게 아니라 이 정도 보물이면 언제 기습을 당해도 이상하지 않지 않나요?"

"그건 설화 네 말이 맞지. 그런데 적이 나타나면 물리치면 그만 아닌가?"

"적을 감당할 수 없다면요?"

"여차하면 튀면 되지 뭐."

한빈이 어깨를 으쓱하며 밖을 가리키자 설화가 눈매를 좁혔다.

"지금 튄다고 하신 거예요? 공자님."

"툭 까놓고 얘기해서 나랑 하남정가랑 무슨 상관있어?"

"흠, 그러니까……."

살수 출신의 설화도 당황하며 말을 잇지 못했다.

그때 한빈이 웃으며 다시 입을 열었다.

"목숨보다 중요한 게 어디 있다고 말이야. 이깟 한철 궤 같은 거 그냥 줘 버리고 튀면 되지. 설화나 나나 경공 하나는 자신 있잖아."

"아."

설화는 입을 딱 벌리며 한빈을 바라봤다.

그녀가 천수장에서 한빈의 행적을 놓친 것은 단 삼 일이었다.

설화는 그동안에 한빈이 묘책을 마련할 것이라 생각하며 내심 기대했었다.

그런데 적이 나타나면 줄행랑을 치는 계획이 고작이라니?

설화는 고개를 돌려 밖을 바라봤다.

수염이 덥수룩한 표두가 무심한 표정으로 마차를 따르고 있었다.

설화와 눈이 마주친 표사가 어색하게 웃으며 손을 흔들었다.

표사의 이름은 윤용호.

낭인 출신의 표사로 천리 표국 내에서는 큰 상행에만 동행하는 십이표두 중 하나였다.

그의 무위는 절정 상급.

특히 경공술 하나만큼은 초절정 수준이라 불리는 표두였다.

그가 이번에 맡은 표물은 딱 하나였다.

한빈이 가지고 있는 한철 궤를 던져 주고라도 표물의 안전만 지키면 되는 것이었다.

그것이 불가능할 경우는 모든 것을 포기하고 미련 없이 복귀하라는 명을 낭인왕 이세명에게서 받았다.

그 때문에 대규모의 호위 병력도 필요 없었고 이 임무에 천리 표국의 깃발조차 꽂지 않았다.

즉, 공식적인 표행이 아니라는 것이었다.

하북팽가와 천리 표국의 묘한 동행에서 윤용호가 할 일은 그다지 없었다.

하지만, 묘하게 설화라 불리는 시녀만큼은 신경이 쓰였다.

그에는 설화만 한 딸아이가 있었기 때문이었다.

그때였다.

구구, 구구.

마차 위에서 비둘기 소리가 들렸다.

설화를 보던 윤용호는 마차 위로 시선을 돌렸다.

마차 위를 본 윤용호는 고개를 갸웃했다.

그가 생각하기에 이번 임무는 정말 묘한 표행이었다.

호위를 맡을 표사 대신에 지붕에 전서구로 쓰일 법한 비둘기 상자를 가득 담고 있었다.

이번 표행의 표물은 바로 저 비둘기가 담긴 여러 개의 상자였다.

청명환이라 불리는 영약이 담긴 한철 궤도 아니고.

하북팽가의 막내 공자도 아니고.

어찌 보면 흔한 전서구가 이번 표행의 표물이라니 황당할 노릇이었다.

다음 날 천수장.

한빈의 서찰을 받은 모든 이는 분주히 움직이기 시작했
다.

점심때가 되자 대부분의 인원이 천수장을 빠져나갔다.

아직 남아 있는 몇 명도 짐을 꾸리기에 정신이 없었다.

"휴……."

짐을 꾸리는 장자명이 한숨을 내쉬었다. 그 소리에 이무명
이 고개를 갸웃하며 물었다.

"장 의원님, 왜 그렇게 한숨을 내쉽니까?"

"이 호위, 내가 한숨을 안 쉬게 생겼습니까? 오랜만에 꿀
맛 같은 휴식을 맛보고 있는데 하루의 간격을 두고 사 공자
를 따라오라니 이게 말입니까?"

"하하, 어차피 주군이 명하신 일이니 웃으면서 하시죠."

"이무명 호위는 공자와의 계약이 몇 개월밖에 안 남았으니
그런 말을 할 수 있는 겁니다."

장자명은 쏘아붙이며 등에 짐을 메고 일어났다.

그 모습에 이무명이 기분 좋게 웃으며 그의 뒤를 따랐다.

"하하."

그 웃음소리에 장자명은 뒤도 돌아보지 않았다.

이제는 휑한 천수장을 보자 묘하게 가슴이 허전했다.

이렇게 적막한 적이 있던가?

이제까지 그가 맡은 환자가 몇이던가?

눈코 뜰 새 없이 치료와 치료를 하며 혹사당한 그였다.

게다가 한빈의 부탁으로 백독문의 모든 비기를 동원해 새로운 독까지 실험해야 했다.

그렇게 정신없이 움직이다 보니 새로운 깨달음을 얻었다.

백독문에 머물렀으면 얻지 못할 깨달음이었다.

사람의 몸을 계속 들여다보니 인체의 원리를 깨닫게 되었고 새로운 재료로 독을 만들다 보니 그 독이 인체에 들어가 어떻게 반응할지까지 계산할 수 있게 된 것이었다.

어찌 보면 일취월장한 그였지만, 천수장 내부에서는 그저 의원에 불과했다.

장자명은 한빈과의 계약이 끝나는 그 날을 손꼽아 기다리고 있었다.

그가 막 천수장의 대문을 열려 할 때였다.

끼익.

살짝 열린 문틈 사이로 이상한 광경이 얼핏 보였다.

장자명은 그 광경에 열려던 문을 재빨리 닫고 뒤를 돌아봤다.

눈이 마주친 이무명이 물었다.

"왜 그러십니까? 장 의원님."

"이 호위, 분위기가 심상치 않습니다. 밖에 누군가가 진을 치고 있습니다."

"그럼 습격이라는 말씀입니까?"

이무명이 눈을 가늘게 뜬 채 재빨리 문틈으로 밖을 바라봤다.

장자명의 말대로 대규모의 인원이 밖에서 진을 치고 있었
다.

이무명은 좀 더 눈을 가늘게 뜨고 그들을 자세히 바라봤
다.

'뭐지?'

이무명이 고개를 갸웃했다.

인원은 제법 많았지만, 그들은 어떤 무기도 들고 있지 않
았으며 무인이 아닌 일반 백성의 복장을 하고 있었다.

겉보기에는 아랫마을에 사는 사람들과 다를 바가 없었다.

그때 몇몇 낯익은 사람의 얼굴도 보였다.

아랫마을 저잣거리에서 고기를 파는 상인의 얼굴이었다.
그 옆을 보니 포목점의 점원도 힘없는 표정으로 앉아 있었다.

아무리 생각해도 이 상황은 이해가 되지 않았다.

이무명이 힐끔 고개를 돌려 장자명을 바라봤다.

"장 의원님, 이상합니다."

"혹시 사파에서라도 쳐들어온 건가요? 이 호위님."

"그게 아니라 밖에 진을 치고 앉아 있는 사람들은 아랫마
을 사람입니다."

"마을 사람들이 왜 여기로 몰려왔답니까? 혹시 사 공자가
사고라도⋯⋯."

"설마요. 주군은 어제 떠나시지 않았습니까?"

"그 전에 사고 치고 떠났을 수도 있죠."

"음, 그렇다고 저희가 여기에 계속 머물 수도 없는 일 아닙니까? 일단 나가시죠."

"허허. 나가긴 나가지만, 이 호위님이 제 안위에 신경을 써 주십시오."

"네, 약속하겠습니다."

고개를 끄덕인 이무명이 대문을 열었다.

덜컹.

천수장의 대문이 열리자 진을 치고 있는 마을 사람들이 고개를 돌렸다.

그 따가운 시선을 받은 이무명과 장자명은 천천히 그들 사이를 빠져나왔다.

그런데 그들의 시선이 묘했다.

처음에는 관심을 두더니 이내 고개를 휙 돌리는 것이 아닌가.

무슨 소 닭 보듯 하는 표정들이었다.

마을 사람 중 누군가가 말했다.

"아니네."

"하긴 벌써 돌아올 리가 없지."

"그래도 모르니까 기다려 보자구."

장자명으로서는 그들의 대화를 이해할 수 없었다. 누굴 기다린다는 말인가?

그때 장자명의 눈에 낯이 익은 인물이 들어왔다.

아랫마을에서 약재상을 운영하는 천씨 성을 가진 사람이 었다.

장자명이 그에게 다가갔다.

"천 어르신, 이게 대체 무슨 일입니까?"

"아, 장 의원이시군요."

"네, 접니다. 그런데 대체 이게 무슨 난리란 말입니까?"

"이 사람들은 모두 천수장에서 치료를 받기 위해 기다리는 사람들이랍니다."

"치료를 받으려고요……?"

장자명은 말끝을 흐렸다.

뭔가 불길한 느낌이 들어서였다. 치료를 받기 위해서라면 자신을 찾아온 것이 분명했다.

장자명은 주위를 둘러봤다.

자세히 보니 몸이 성한 사람은 한 명도 없었다.

어떤 이는 허리가 아픈지 꾸부정하게 앉아 있었으며 어떤 이는 팔을 축 늘어뜨리고 있었다.

어떤 이는 안색이 파리한 것이 언제 숨이 넘어가도 이상하지 않을 것 같았다.

순간 장자명은 한 가지 결론이 이르렀다.

자신의 의술이 천수장 밖에까지 퍼졌다는 것이 그의 생각이었다.

어찌 보면 이는 당연한 일이었다.

아침밥을 먹다가도 환자를 받았고 화장실 앞에서도 환자가 줄을 서 있을 때가 많았다.

일반 의원이 평생 받을 환자를 그는 한 달도 안 되어서 받았다.

게다가 맹호사대 대원 모두가 장자명을 신의라 칭했다. 생각해 보면 소문이 퍼지지 않으려야 않을 수 없었던 것이다.

그때 약재상 천 씨가 말했다.

"사람들 말대로라면 신의(神醫)가 맞지요."

그 말에 정신을 차린 장자명이 약재상 천 씨를 바라봤다.

천 씨는 눈에 깊은 존경심을 담고 있었다. 장자명은 살짝 고개를 저었다.

독으로 명성을 떨치기 이전에 의술로 이렇게 이름을 알리리라고는 생각도 못 했기 때문이었다.

그것도 잠시 눈가가 촉촉해진 장자명은 깊숙이 포권하며 말했다.

"과찬의 말씀입니다. 신의라니 당치 않습니다."

"그게 무슨 말씀인지요?"

약재상 천 씨가 고개를 갸웃하자 장자명이 재빨리 손을 내저었다.

"저는 아직 신의란 칭호를 받기에는 과분합니다."

순간 천 씨가 안색을 굳히며 말했다.

"장 의원이 신의라고 누가 그럽니까?"

"지금 천 씨 어르신이 그러지 않았습니까?"

장자명이 고개를 갸웃하자 천 씨가 말을 이었다.

"허허, 무슨 벼락 맞을 소리를 하시는 건가요? 저는 하북 팽가의 사 공자님을 말씀드린 겁니다."

깜짝 놀란 장자명이 말했다.

"네? 사 공자가 신의라니요, 무슨 말도 안 되는 말씀입니까?"

"허허."

약재상 천 씨는 헛웃음을 흘리며 주변을 바라봤다.

장자명도 그의 시선을 따라 주변으로 눈을 돌렸다.

순간 그는 흠칫 뒷걸음쳤다. 주변 마을 사람들이 모두 장자명을 노려보고 있었다.

"앗, 이게 무슨 일입니까?"

장자명이 눈을 크게 뜨며 묻자 약재상 천 씨가 재빨리 그의 손을 잡아끌었다.

"왜 그러십니까?"

장자명의 말에도 그 자리를 다급히 빠져나온 약재상 천 씨가 심호흡하며 말을 이었다.

"휴……. 장 의원."

"네, 말씀하시지요."

"여기서 사 공자님 욕하면 큰일 납니다."

"그게 무슨 말씀이신가요? 마을 사람들과 사 공자가 무슨 관계가 있다고 그러시는지요?"

"얼마 전에 사 공자가 앉은뱅이를 일으켰답니다. 저도 그건 보지 못했지만요."

"헉, 앉은뱅이를 일으켰다고요?"

"그렇습니다, 아랫마을 저잣거리에서 사 공자가 기적을 행했다고 합니다. 몇 날 며칠을 앉아 있던 거렁뱅이 소녀를 일으켰답니다. 그 장면을 본 사람들의 이야기에 의하면…….'"

약재상 천 씨의 이야기가 계속될수록 장자명은 눈을 크게 떠야 했다.

이야기는 간단했다.

마을 사람들이 안타까워하며 지켜보던 거렁뱅이 소녀가 있었는데, 그 소녀를 허공섭물로 일으켰다는 것이다.

더 황당한 것은 그것도 모자라 그 소녀를 뛰게 만들었고 말이다.

장자명은 어이가 없다는 듯 약재상 천 씨를 바라봤다.

"그게 말이 됩니까? 어떻게 허공섭물로 사람을 일으키고 뛰게까지 합니까?"

"허허, 벼락 맞을 소리 하지 말라고 해도 그러시네요. 마을에서 사 공자를 안 믿는 사람은 딱 한 명뿐입니다."

"그게 누군데요?"

"저쪽에……."

천 씨는 턱짓으로 어딘가를 가리키며 말끝을 흐렸다.

그곳에는 백발의 노인이 콧김을 내뿜고 있었다.

나이가 들어 보이긴 해도 기세로만 봐서는 쇠뿔도 뺄 정도로 보였다.

장자명이 물었다.

"저분은 누군데 저렇게 화가 난 거죠? 혹시 사 공자가 돈이라도 떼먹고……."

"허허, 그게 아니라 우리 마을의 유일한 의원 어르신입니다."

"아."

장자명은 그제야 이해가 된다는 듯 고개를 끄덕였다.

자신의 환자를 빼앗겼으니 그의 마음은 충분히 이해가 되었다.

그때 옆에서 이를 지켜보던 이무명이 장자명의 소매를 잡아끌었다.

"그만 가시죠, 장 의원님."

"그런데, 저대로 두고 가도 괜찮겠습니까? 텅 빈 천수장 앞에 저렇게 사람들이 진을 치고 있는데요."

"다 쫓아낼 수도 없고 쫓아낸다고 해도 저희가 떠난 뒤에 다시 돌아오면 그것을 어찌 말리겠습니까?"

"하긴 그렇긴 하네요, 허허."

"지금은 그게 중요한 게 아니라 주군이 전한 임무를 수행

할 때입니다."

이무명은 장자명을 잡아끌다시피 하며 데려갔다.

끌려가는 장자명은 아직도 이해가 안 된다는 듯 천수장 앞
에 늘어선 마을 사람들을 바라봤다.

며칠 후.

덜그럭, 덜그럭.

천리 표국의 마차가 잔도를 달렸다. 잔도란 산길 옆으로
낸 길을 말한다.

험준한 산길을 뚫어 길을 낼 수는 없는 일.

급한 일이 있을 때마다 산 옆에 나무로 된 길을 내기 마련
이었다. 여기서 급한 일은 당연히 전쟁에서의 군수물자를 보
급하는 일이었다.

그래서 중원 속담에 일쟁일로(─爭─路)라는 말이 있다. 즉
한 번의 전쟁에 하나의 길이 생긴다는 뜻이었다.

천리 표국의 표행은 현재까지 백 리를 지나왔다.

하북팽가에서 하남정가까지의 거리는 천 리.

윤용호는 이번 임무를 천 리 표행이라 낭인왕 이세명에게
전달받았다.

그들의 임무가 천 리가 될지 백 리가 될지는 모든 것이 하

북팽가의 사 공자인 한빈에게 달려 있었다.

하지만, 윤용호는 잠시도 긴장을 늦추지 않았다.

자신이 맡은 표물인 전서구만은 끝까지 지켜야 했기 때문이다.

그때였다.

윤용호가 말을 멈추고 눈매를 좁히며 전방을 바라봤다.

휘이-잉.

마침 말도 투레질하며 멈췄다.

따끔거릴 정도의 살기가 윤용호의 살갗을 파고들었다.

대낮에 상행이 빈번한 잔도에서 살기를 내비친다라?

작정을 하고 온 것이나 다름없었다.

살기가 느껴지는 곳의 백 걸음 밖에는 굽어진 데다 바위틈으로 자란 소나무 가지 때문에 잘 안 보이는 곳이었다.

적은 그곳에서 매복하고 있을 가능성이 높았다. 아니 매복이란 말은 적당하지 않았다.

이렇게 따끔거릴 정도로 살기를 쏘아 보내니 말이다.

윤용호가 검집째 앞으로 내밀며 외쳤다.

"어떤 고인이 저희의 길을 막으시는 것이오? 어서 모습을 드러내시오!"

동시에 발소리가 잔도를 타고 울려 퍼졌다.

터벅터벅.

윤용호는 침을 삼키며 흔들리는 소나무를 바라봤다.

그때 소나무 가지 사이에서 거대한 얼굴이 드러났다.

백 걸음 밖에서도 드러나는 괴한의 얼굴에는 흉터가 빽빽했다.

괴한은 어깨에 커다란 낭아봉을 걸치고 있었다.

낭아봉이란 금속 봉에 타원형의 날카로운 못을 심어 놓은 방추를 앞에 단 병기였다.

문제는 그 낭아봉의 크기였다.

낭아봉에 달린 방추의 크기가 소 머리만 했다.

윤용호는 마른침을 삼켰다.

괴한의 덩치와 낭아봉에서 떠오르는 하나의 별호.

그것은 편육랑아였다.

산서에서 활동하는 사파 무인으로, 상대를 고기 다지듯 누른다고 해서 편육이라는 말이 무기인 낭아봉의 앞에 붙어 생긴 별호였다.

즉 그와 싸운 상대는 형체도 안 남고 잘게 여민 편육의 모양이 되는 것이다.

하지만, 절정의 표두인 윤용호가 겁낼 인물은 아니었다. 편육랑아가 잔인하기는 해도 비슷한 경지의 무인과 겨뤄서 얻어 낸 별호가 아니었기 때문이다.

커다란 덩치에 비해 그는 교활하리만큼 강자와의 승부를 피했다.

편육랑아의 본명은 강소추.

대략 유추하기로 편육랑아의 경지는 절정 초급. 절정 상급인 윤용호의 적수는 아니었다.

편육랑아가 천천히 걸어오자 윤용호가 검을 빼 들었다.

"멈춰라."

터벅터벅.

편육랑아는 천천히 윤용호에게 다가왔다.

윤용호는 힐끔 뒤를 바라봤다.

의미 없는 표행이라고는 하지만, 한빈의 일행이 신경 쓰여서였다.

터벅터벅.

잔도가 울릴 정도로 내공을 실어 걸어오던 편육랑아가 마차를 여섯 걸음 앞두고 멈췄다.

여섯 걸음이면 낭아봉과 편육랑아의 팔 길이를 더했을 때 그의 공격이 가능한 간격 안이었다.

윤용호가 검을 올려 기수식을 취했다.

상대의 공격이 들어오면 파고들 생각이었다.

그때 편육랑아가 웃음을 터뜨렸다.

"껄껄, 왜 갑자기 그렇게 살기를 드러내시오?"

편육랑아는 자신이 뭘 잘못했는지 모르겠다는 듯 비웃으며 말했다.

윤용호가 재빨리 받아쳤다.

"적반하장도 유분수지, 표행을 막고 할 말은 아닌 것 같소."

"껄껄, 소인은 살기를 드러낸 적이 없소만, 왜 내게 그러시오."

누가 봐도 말장난이었다.

윤용호가 눈을 가늘게 뜨며 답했다.

"장난할 시간이 없소, 어서 길을 비켜 주시오."

말을 마친 윤용호가 고개를 갸웃했다.

살갗이 따끔할 정도의 살기를 느꼈기 때문이었다.

윤용호가 편육랑아를 바라봤지만, 그에게서 느껴지는 기세는 전혀 없었다.

살기가 느껴지는 곳은 아까와 같았다.

윤용호는 편육랑아가 나온 소나무 너머를 바라봤다.

살기는 그곳으로부터 나오는 것이었다.

순간 윤용호의 머릿속에 하나의 가정이 떠올랐다.

그것은 편육랑아 혼자가 아니라는 것이었다.

혼자서 주로 활동하지만, 편육랑아에게는 의형제가 둘 있었다.

그의 의형제는 흑의살풍 막대강와 빙혈서생 소경운이라 불리는 사파의 고수였다.

강호에서는 이 둘과 편육랑아를 합쳐 산서삼살이라는 이름으로 부른다.

산서삼살을 떠올리던 윤용호의 눈이 커졌다.

이상하게도 표행을 하며 불길한 예감은 한 번도 틀린 적이 없었다.

그의 시야에 뒤쪽에서 부채를 든 서생이 보였다.

큰 키에 깡마른 체구, 약간은 창백해 보이는 얼굴이 한동안 햇볕을 못 본 느낌이었다.

북해빙궁의 파문 제자라고도 알려져 있는 그는, 별호인 빙혈서생에서 알 수 있듯이 빙공을 쓰는 무인이었다.

그가 왔다는 것은 흑의살풍도 근처에 있다는 뜻이었다.

윤용호는 머릿속으로 주판알을 튕겼다.

하북팽가 사 공자인 한빈은 그가 보기에 기껏해야 절정 초반, 아니 정확히 계산해 보면 절정을 앞둔 일류가 맞았다.

거기에 그가 데리고 온 시녀는 짐이었다.

그는 이번 표행의 표두로서 계산을 끝냈다.

"강 표사는 마차를 몰고 뒤로 물러나라!"

따라온 표객에게 한 외침이었다.

주춤주춤 말 머리를 돌리자 편육랑아의 낭아봉이 바람 소리를 내며 몰아쳤다.

팡!

다행히 마차는 그의 공격 범위에서 벗어난 상태.

윤용호는 편육랑아의 낭아봉을 피하며 그의 가슴 쪽으로 파고들었다.

딱 한 걸음.

한 걸음 뒤로 가면 편육랑아의 가슴에 검을 박아 넣을 수 있을 터.

휙!

윤용호의 검이 바람처럼 공간을 갈랐다.

그때였다.

윤용호의 이상한 살기를 느꼈다.

그것은 편육랑아가 내뿜는 기세와는 달리 이질적인 것이었다.

이질적인 기운에 윤용호는 재빨리 손을 거둬들였다.

그때 그의 팔뚝을 뭔가가 스치고 지나갔다.

픽!

윤용호는 재빨리 낭아봉의 간격에서 벗어나 상황을 살폈다.

그의 팔뚝에서 피가 뚝뚝 떨어지기 시작했다.

하지만, 윤용호는 시선을 돌릴 수가 없었다.

낭아봉을 든 편육랑아와 자신 사이에 검은 복면인이 단검을 들고 서 있기 때문이다.

검은 복면인이 바로 흑의살풍이었다.

살막 출신으로 알려진 사파의 고수.

이제는 줄행랑밖에 답이 없다고 생각한 윤용호는 마부와 동료 표사에게 신호를 보내려 고개를 돌렸다.

하나 뜻밖의 모습에 이를 악물었다.

마차의 퇴로를 빙혈서생이 막고 있던 것이다.

하지만, 그다음 장면에서 그는 헛숨을 들이켜야 했다.

"헉."

마차에서 가만히 있을 줄 알았던 하북팽가의 막내 공자가 천천히 나왔기 때문이다.

마차에서 나온 한빈은 주변을 두리번거렸다.

이건 누가 봐도 무림세가의 직계가 강호에 처음 나왔을 때 범하는 실수였다.

무림세가라 불리는 곳에서 직계는 우물 안의 개구리로 성장한다.

흔히 강호 속담에 무림세가 직계가 휘두르는 검에는 풍(風)이 담겨 있다고 한다. 여기서 풍은 허풍을 말함이었다.

직계가 휘두르는 검을 세가에서는 진심으로 받아칠 이가 없다는 것이다.

하지만, 강호라는 큰 대해(大海)로 나온다면 그 개구리는 세상에 얼마나 강자들이 많은지를 깨닫는다.

그런데 지금은 시기가 너무 안 좋았다.

하필이면 목숨이 왔다 갔다 하는 순간 휘적휘적 걸어 나오다니?

'이게 제정신이란 말인가?'

하북 최고의 겁쟁이로 불리던 한빈에 대해서는 요즘 말이 많았다.

하북 최고의 겁쟁이에서는 벗어났지만, 이것이 모두 사람을 사서 퍼뜨린 소문의 결과였다고 한다.

천산혈랑의 숨통을 끊어 놨던 일.

화산파의 서재오와 비무에서 승리한 일 등 모두가 윤용호가 보기에는 헛소문에 불과했다.

거기에 소문 하나가 더 떠돌았다.

막대한 거금을 들여 무제자 홍칠개를 스승으로 삼았다는 것이다.

물론 이 소문은 진실이라 사람들은 믿고 있었다.

마치 소풍을 나온 것처럼 주변을 두리번거리던 한빈은 손가락을 튕겼다.

딱!

동시에 천리 표국의 표사들과 산서삼살 사이에는 긴장감이 맴돌았다.

하지만, 모두는 고개를 갸웃해야 했다.

한빈의 신호에 맞춰 설화가 보따리를 들고 뛰어나왔기 때문이었다.

설화는 주변의 시선에는 아랑곳하지 않고 보따리를 한빈의 앞에 펼쳐 놨다.

설화의 동작은 철노보다 더 민첩했다.

보따리를 깔고 종이를 펼치고 붓을 건네는 동작은 그야말로 눈 깜짝할 사이에 이루어졌다.

다만 이전과 다른 점은 한빈이 잡고 있는 붓이 세필(細筆)이라는 점이다.

가느다란 붓에 맞춰 종이도 손가락 한 마디만 했다.

너무 난데없는 상황에 표사들도 산서삼살도 입을 떡 벌렸다.

칼이 오가려는 일촉즉발의 상황에 붓을 드는 광경을 이때가 아니면 언제 볼 수 있을까?

주변의 시선에는 아랑곳하지 않고 한빈은 세필로 정성껏 글씨를 썼다.

그러고는 재빨리 종이를 말아서 손가락 한 마디 굵기도 안 되는 통에 넣었다.

"여기 있다. 설화야, 잘 부탁한다."

"네, 공자님."

설화는 재빨리 마차의 지붕으로 뛰어올랐다.

그 모습에 윤용호가 눈을 크게 떴다.

설화가 지붕에 착지할 때 마차는 조금의 미동도 없었기 때문이다.

경공으로 보자면 자신의 아래가 아니라는 말이었다.

이것은 말도 안 되는 일이었다.

천리 표국에서 낭인왕 이세명 다음가는 경공의 달인이 윤용호였다.

그런데 저런 날렵함을 보이다니!

윤용호의 감탄이 끝나기도 전에 설화는 전서구 하나를 꺼내 전서 통을 매달았다.

푸드득.

비둘기가 날갯짓하며 푸른 하늘로 날아갔다.

여기까지 일이 숨 몇 번 쉴 정도의 시간에 일어났다면 누가 믿겠는가?

가장 먼저 반응한 것이 뒤쪽에 있는 빙혈서생이었다.

창백한 그의 입술이 천천히 열렸다.

"아이야, 지금 무슨 장난을 친 것이냐?"

이것은 한빈에게 한 이야기.

하지만, 정작 발끈한 것은 설화였다.

설화가 앞으로 나섰다.

"지금 네가 날 놀리는 것이냐? 무슨 수수깡도 아니고 한대 치면 쓰러질 새끼가 나한테 꼬마라고? 확 잘게 썰어서 황하에 던져 버릴까 보다."

순간 주변은 정적에 싸였다.

열다섯도 안 되는 소녀에게서 나온 말이라고는 생각할 수도 없었다.

모두가 놀랄 때 한빈은 설화에게 말했다.

"쟤는 네가 맡아라."

"네, 공자님."

설화가 다소곳이 고개를 끄덕였다. 이때만큼은 평범한 소녀의 모습이었다.

하지만, 그것은 그들의 착각.

스륵!

설화가 허리에서 연검을 뽑으며 물었다.

"썰어도 될까요?"

"쓸 데가 있을지 모르니까. 대충 처리해 둬."

"네, 공자님."

설화가 해맑은 미소를 지었다.

그 미소를 본 표두 윤용호는 오싹함을 느꼈다.

그도 그럴 것이 설화의 지금 미소에는 오만 가지 감정이
압축되어 있었다.

뭔가 잡힐 것 같은 깨달음과 흑천의 명령으로 한빈과 계약
한 설화였다.

하지만, 그 뒤 돌아온 것은 온갖 잡일밖에 없었다.

그런 불만은 하루가 다르게 쌓였고 그녀의 감정은 언제 터
질지 모르는 불붙은 벽력탄과 같았다.

시녀로 지내야 했던 나날은 그녀의 정신을 피폐하게 만들
었다.

그녀의 감정이 한계치까지 온 순간이 바로 어제였다.

그런데 때마침 그 감정을 털어 낼 기회가 온 것이었다.

그녀의 표정을 본 한빈이 다시 말했다.

"적당히!"

"……."

하지만, 설화는 답하지 않았다.

마치 화장실이 급한 아이처럼 다급하게 빙혈서생에게 달려든 것이다.

그 모습을 보며 한빈이 혀를 찼다.

한빈도 그 기분을 이해하고 있는 것이다.

챙! 챙!

빙혈서생의 철 부채와 설화의 연검이 부딪쳤다.

빙혈서생과 설화의 병기에 푸르스름한 기운이 맺혔다.

입을 벌린 빙혈서생과 만족스러운 듯 미소 짓고 있는 설화를 확인한 한빈이 표두 윤용호의 옆을 스치고 지났다.

윤용호는 눈을 가늘게 떴다.

설화에 집중하고 있느라 그럴 수도 있지만, 지금 한빈의 기척을 전혀 느끼지 못했기 때문이다.

순간 윤용호는 등골이 오싹했다.

한빈이 아군이 아니라 적이었다면 자신의 목은 잔도의 바닥을 구르고 있을 것이었다.

윤용호는 오만 가지 생각을 하며 한빈의 뒷모습을 보고 있었다.

한빈은 천천히 편육랑아의 옆을 스쳤다.

동시에 편육랑아가 낭아봉을 휘둘렀다.

붕!

주변의 낙엽이 날아갈 정도의 광풍이 휩쓸고 지나갔다.

하지만, 한빈은 그 자리에 없었다.

편육랑아의 공격 범위에서 벗어난 한빈이 아무렇지도 않게 외쳤다.

"그놈은 윤 표두님이 좀 맡아 주시죠!"

"……."

윤용호는 아무 말 없이 고개를 끄덕였다.

쓰―윽!

윤용호가 검을 다시 고쳐 잡을 때 한빈은 그들 의형제 중 첫째인 흑의살풍의 앞에 섰다.

"오랜만이다."

"흠."

흑의살풍이 침음을 삼켰다. 오랜만이라는 한마디 때문이었다.

하는 짓으로 봐서는 전에 한 번은 마주쳤을 법한 한빈이었다.

하지만, 흑의살풍이 눈에 한빈은 처음이었다.

고민도 잠시, 흑의살풍은 한 단어를 떠올렸다.

'격장지계.'

한빈의 행동이 자신의 감정을 흔든다 생각한 것이다.

그때 한빈이 다시 말을 건넸다.

"지금 격장지계라고 생각하는 것 맞지?"

"……."

흠칫한 흑의살풍은 자신도 모르게 한 발 뒤로 물러났다.

애송이라 생각하고 있는 한빈의 입에서 나온 행동이 너무 상반되었다. 그야말로 한빈의 행동은 강호의 늙은 생강 같은 느낌이었다.

물론 한빈도 흑의살풍의 인내심에 감탄하고 있었다.

살풍이라 불리는 이 인물은 전생에 칼을 마주친 적 있는 사파의 고수였다.

검은 안 보이고 바람만 일어난다고 해서 붙여진 것이 살풍이다. 거기에 지금처럼 흑의만 입고 다니기에 앞에 흑의라는 단어가 붙어 만들어진 별호였다.

한빈은 그의 무서움이 어디에서 나오는지를 잘 알고 있었다.

사람들은 흔히 그가 살막의 초특급 살수 출신으로 추측하고 있지만, 그것은 헛다리를 짚은 것이었다.

팽팽하게 눈싸움을 하고 있던 흑의살풍이 입을 열었다.

"지금 보낸 전서구는 대체 뭐지?"

"내가 그걸 왜 말해 줘야 하지?"

"이놈이 관을 봐야 눈물을 흘릴 놈이구나."

"그럼 너는 관도 아까운 놈이고?"

한빈이 비릿하게 웃자 흑의살풍이 검을 뽑아 들었다.

스릉!

인내심의 한계를 벗어난 것이다.

그것도 잠시 한빈은 뒤쪽에서 한철 궤를 꺼내 한 손으로 돌렸다.

순간 멈칫하는 흑의살풍.

그 모습에 한빈이 웃었다.

"청명환이 망가질까 봐 쫄리는 건가?"

"흠, 이 미친놈이⋯⋯."

"쫄리는 걸 보면 영약에 대해서 공부하고 왔나 보군. 네가 생각한 대로 내가 이 상자를 떨어뜨리면 영약의 효능은 십분 지 일도 안 남을걸."

한빈이 씩 웃으며 다시 한철 궤를 손끝에서 놀렸다.

그의 말은 사실이었다.

영약이라는 것이 무엇일까?

갖은 영초를 배합해서 기사회생 또는 내공 증진의 효과를 압축한 환약이라고 알려져 있다.

이것은 도가의 영약 제조에서 반만 맞힌 것이다.

도가의 영약은 영초를 배합한 환약 속에 도가의 자연지기를 인위적으로 주입한다.

연단을 담당하는 도사가 따로 있는 이유이다.

외부 충격으로 기를 압축한 표면이 녹거나 깨진다면?

안쪽에 압축된 자연지기는 흘러나오고 남은 것은 표면을 둘러싼 약재뿐인 반쪽, 아니 일 할짜리 영단이 될 것이다.

그런 이유로 비싼 한철 궤를 써서 운반하는 것이었다.

한빈이 청명환을 넣은 한철 궤를 통통 튀기는 것을 보니 당연히 상대도 놀랄 수밖에 없었다.

한빈은 상대의 반응에 회심의 미소를 지었다.

어느 정도 영단에 대해 알고 있는 놈들이 대화하기에 편했다.

물론 말로 대화한다는 것은 아니었다.

대화 방식은 주먹이 먼저였다.

한빈은 한철 궤를 흑의살풍을 향해 던졌다.

휙!

놀란 흑의살풍이 한철 궤를 재빨리 받았다.

탁!

그런데 뭔가가 이상했다.

한철 궤 특유의 차가움 대신 따뜻함이 느껴졌다.

"허, 이게 대체 뭐냐?"

흑의살풍이 살기를 담아 외쳤다. 그도 그럴 것이 그가 잡은 한철이 나무 조각처럼 부서졌기 때문이다.

흑의살풍은 재빨리 상자를 바닥에 버렸다.

한철 궤가 아니라 나무로 만든 가짜 상자였다.

철로 생각해서 세게 잡은 덕분에 나무 상자가 부서져 그의 손에 끈적이는 액체가 흘러내렸다.

액체를 재빨리 털어 낸 흑의살풍은 한빈에게 달려들었다.

이제 인내심이란 단어는 그의 마음속에 존재하지 않았다.

동시에 한빈도 월아를 뽑아 들었다.

스릉!

이제는 싸움판이 되어 버린 이곳에서 오직 둘만이 웃고 있었다.

그것은 설화와 한빈이었다.

설화는 지금 화를 풀고 있는 중이었고 한빈은 보이지 않게 입맛을 다시고 있었다.

한빈이 흑의살풍을 택한 것은 우연일까?

그것은 우연이 아니었다.

흑의살풍에게서 구결을 확인했기 때문이다.

만약 흑의살풍의 진면목을 몰랐다면 이 싸움은 한빈의 패배로 끝날 수밖에 없었다.

하지만, 전생의 기억을 가지고 있는 한빈에게 흑의살풍의 진면목은 약점이 될 수 있었다.

챙! 챙!

몇 번의 합이 끝나고 한빈과 흑의살풍은 서로를 노려봤다.

물론 무엇을 보는가는 달랐다.

흑의살풍은 한빈의 목덜미를 꿰뚫기 위해 노리고 있었고 한빈은 희미하게 일렁이는 구결에 집중했다.

한빈이 이렇게 구결에 집중하는 이유는 간단했다.

그것은 한빈의 현 상태였다.

기본편에 열 개의 구결을 차곡차곡 쌓아 놓은 상태.

그중 공력은 본신 내공과 용린검법을 연동시켜 놓은 상황이다.

응용편 몇 개와 인급 구결 한 개.

그럼 응용편 중 완성을 못 하고 남은 구결은?

[성(聲), 동(東), 서(西)]

이 세 글자였다.

이 구결을 마지막으로 더 이상의 발전이 없는 상태였다.

이번 임무는 한빈에게 용린검법의 구결을 완성할 기회였다.

곤륜파의 청명환을 노리고 벌 떼처럼 달려들 사파의 무인들을 노린 것이었다.

하북의 좁은 땅에서는 더는 구결을 찾을 수 없었다.

비급의 초반부에도 분명 알려 줬었다.

'강호에 흩어진 구결을 찾아라.'

이제 좁은 하북의 땅에서 벗어나야 할 때.

이번 임무는 한빈에게 기회였다.

알아서 구결을 가진 자들이 이렇게 찾아오니 말이다.

한빈이 진한 미소를 피워 내며 흑의살풍의 간격 안으로 들어갔다.

순간 부드러운 바람이 한빈의 어깨를 스쳐 지나갔다.

살랑!

픽!

한빈의 어깨에서 붉은 피가 흘러나왔다.

하지만, 붉은 무복 때문에 눈에 띌 정도는 아니었다.

예상대로 처음부터 구결을 노리기에는 상대가 위험했다.

한빈이 구결십팔보에 '속(速)'의 효용을 실었다.

순간 한빈의 발이 빨라졌다.

대신 전체적인 공격 속도는 느려질 테지만, 흑의살풍의 발을 묶지 못한다면 승패는 해가 지도록 나지 않을 것이었다.

품으로 파고든 한빈이 재빨리 다음 구결을 떠올렸다.

'일촉즉발.'

순간 한빈이 화살촉이 된 것처럼 날아갔다.

그 화살촉이 흑의살풍이라는 목표물을 꿰뚫으려는 순간.

휙!

그가 흑의만 남긴 후 사라졌다.

보법과 경공의 절묘한 조화였다.

한빈은 그 모습에 기분 좋은 미소를 지었다. 이 미소는 강태공의 웃음과도 흡사했다.

아무 힘 없이 잡혀 오는 고기를 무슨 맛으로 낚을까?

한빈의 지금 기분이 그랬다.

서로의 투쟁심을 확인하는 과정은 한빈에게 즐거움이었다.

낚싯줄을 당길 때가 있으면 풀 때가 있어야 하는 법.

한빈은 검에 꿰뚫린 옷을 허공에서 썰었다.

휙! 휙!

검에 옷이 갈기갈기 찢어진 채 바닥에 떨어질 때 한빈이 벽 쪽을 향해 날아갔다.

파팍.

한빈의 검 끝이 벽 쪽으로 움직이자 황색 벽이 일렁인다.

한빈이 그 모습에 묘한 웃음을 지었다.

흑의살풍의 진면목을 확인한 순간이었다. 살막의 살수로 오해받는 은밀한 검의 정체는 과연 무엇일까.

흑의살풍의 출신은 북경의 유명한 경극단이었다.

경극을 하려면 칼을 쓰는 흉내도 내야 하는 법.

하지만, 어느 날 그는 경극보다 검에 소질이 있다는 것을 알게 되었다. 거기에 더해 경극단에서 익힌 변검은 그에게 차별화된 무인의 길을 걷게 했다.

변검이란 얼굴의 분장을 바꾸는 법.

하지만, 흑의살풍은 옷을 배경에 맞게 바꾸는 재주를 지니고 있었다.

대결 중에도 쓸 수 있는 은신술이 그의 비기였다.

지금은 황색의 절벽에 맞춰 황색의 무복을 입고 위장하고 있는 것이다.

이것이 은밀한 검의 비밀이었다.

물론 초절정 초급에 준하는 무위를 낮추려는 것은 아니다.

변검과 초절정 수준의 검.

이것이 그를 산서를 벌벌 떨게 한 고수로 만든 비결이었다.

하지만, 한빈은 전생의 기억을 통해서 그의 진면목을 알고 있었다.

전생에는 흑의살풍의 검에 당했었다. 등에 흉터를 남기고 나서야 알게 된 사실이었지만, 지금은 몸에 흉터를 남길 필요가 없었다.

상대가 사라진 방향을 보고 피식 웃은 한빈이 코끝에 감각을 집중시켰다.

순간 달콤한 향기가 한빈의 코끝을 간지럽혔다.

한빈은 그 방향을 향해서 아무렇지도 않게 검을 뻗었다.

휙!

동시에 단풍 모양의 붉은색이 잔상을 남기고 사라졌다.

한빈은 그 모습에 씩 웃었다.

이전에 던졌던 가짜 한철 궤 속에는 꿀이 한가득 들어 있었다.

전생에 사냥개 소리를 듣던 한빈은 과거로 돌아와서도 특유의 감각은 지니고 있었다.

이 싸움은 그야말로 누워서 떡 먹기.

그렇게 상대를 압도해 나가던 중, 한빈이 예상했던 일이 벌어졌다.

윙! 윙!

갑자기 벌이 날아들기 시작한 것이다.

흑의살풍이 은신한 곳이라면 벌이 따라가 그의 행방을 가르쳐 주었다.

게다가 그의 움직임 때문인지 벌이 그를 공격하기 시작했다.

윙! 윙!

한빈만 해도 상대하기 벅찬 상황인데 꿀벌까지 자신을 향해 덤비니 흑의살풍을 미치고 팔딱 뛸 지경이었다.

남들이 보면 이상한 경공을 펼친다고 오해할 법한 흑의살풍의 움직임 아래 한빈의 검이 춤을 추었다.

휙! 휙!

변검을 이용한 은신술을 사용하지 못하는 흑의살풍은 한빈의 아래였다.

푹!

한빈의 검이 그의 어깨를 꿰뚫었다.

동시에 한빈은 구걸십팔보를 극성으로 운용했다.

극성까지 펼친 빠른 보법 때문에 세 걸음 안은 한빈의 절대적인 공간이 되었다.

픽! 픽!

한빈이 그의 아혈과 마혈을 제압했다. 이제는 움직이지도 입을 열지도 못하는 상태가 되었다.

이제는 구결을 수확해야 할 때였다.

팍! 팍!

한빈이 구결을 수확하기 위해 흑의살풍을 가차 없이 내려치기 시작했다.

흑의살풍의 눈이 커졌다.

사파 경력 이십 년에 이런 미친놈은 처음이었다.

승부가 났으면 죽이든가, 아니면 승부에 대한 대가를 요구하든가 둘 중 하나인 게 강호인의 습성이었다.

그런데 혈도를 제압하고 나서 무작정 팬다?

이것은 사파에서도 없는 법도였다.

'이런 개새⋯⋯.'

욕설을 뱉으려던 흑의살풍은 자신의 아혈이 제압당했다는 사실을 알았다.

흑의살풍은 지금 한빈의 표정을 보고 눈가를 떨었다.

지금 한빈은 진심으로 즐거워하고 있었다.

사람을 패면서 진심으로 즐거워한다고?

하북팽가라면 분명히 정파.

그중에서도 강북 오대세가에 이름을 올려놓은 최고의 가문이 아니던가.

그런데 왜?

그 의문은 이어지지 않았다. 아파도 너무 아팠기 때문이다.

한빈은 그러거나 말거나 희미한 웃음을 머금었다.

[용안(龍眼)으로 구결을 확인합니다.]
[용린검법의 응용편 중 격(擊)을 획득하셨습니다.]
[흩어진 용린검법의 구결 중 하나의 초식을 완성했습니다. 초식이 활성화됩니다.]
[성동격서(聲東擊西) − 동쪽에서 소리를 지르고 서쪽을 공격합니다. 이 허초는 상대방을 한 번의 공격에 한해 무력하게 만듭니다. 단, 무공의 경지가 자신보다 높을 때에는 이 할의 확률로 공격을 성공시킵니다. 필요 공력 오 년.]

나타난 글자에 한빈은 환희에 찬 신음을 흘렸다.
"음."
같은 경지의 상대 혹은 경지가 아래일 경우 상대방을 무력하게 만들 수 있다는 것이었다.
같은 경지와 일대일 비무를 벌일 때는 무적이 된다는 이야기였다.
하지만, 자신보다 경지가 높을 경우는?
여기에는 조금 변수가 존재한다.
확률을 따져 본다면 이 할의 성공을 십 할로 만들려면 단순하게 이십 년의 공력이 필요하다.
그런데 운이 없다면?

생각도 하고 싶지 않은 경우가 발생할 것이다.

지금 필요한 것은 절대적인 공력과 추가 구결.

아직도 흑의살풍의 여기저기에 구결을 나타내는 점이 남아 있었다.

한빈은 눈에 보이는 구결을 캐기 시작했다.

물론 생각 중에도 한빈은 주먹을 멈춘 적이 없었다.

퍽!

이번에는 처음 보는 문구가 나타났다.

[용린검법 기본편의 구결 중 공(功)을 획득하셨습니다. 하지만, 부족한 책장으로 흡수를 보류합니다.]

새로운 문구는 이후에도 몇 번이 반복되었다.

[……부족한 책장으로 흡수를 보류합니다.]

기본편의 한계를 넘기 위해서는 추가 책장을 흡수하든지 신체의 내공이나 감각을 높이는 방법밖에 없을 것 같았다.

한빈이 포기하고 주먹을 멈추려 할 때였다.

이전과는 다른 글귀가 나타났다.

[타격의 임계치를 넘었습니다. 용린겁법의 보충 설명이 활성화되었습

니다. 흡수하지 못한 ……]

흡수를 보류한다는 글자의 획이 분리되며 다른 글자가 만들어지기 시작했다.
공(功), 속(速) 체(體), 력(力) 등의 글자들이 분리되며 문장이 만들어지기 시작했다.

[책장을 추가하려면 인급 구결……]

글자의 획이 다하자 설명도 멈췄다.
"이런 제길!"
한빈은 흑의살풍 막대강에게 보이는 점들을 다시 공략하기 시작했다.
다시 보충 설명이 이어졌다.

[……세 개를 모으면 기본편의 책장이 추가됩니다.]

편육랑아의 낭아봉을 제압하기 위해 표두 윤용호는 진땀을 빼야 했다.

편육랑아의 무공 수위가 생각보다 높았기 때문이다.

윤용호는 그의 낭아봉을 경계하면서 쉼 없이 뒤쪽을 돌아봤다.

편육랑아보다 한 단계 위라는 빙혈서생과 흑의살풍에게 맞서는 설화와 한빈이 못 미더웠기 때문이었다.

하지만, 평육랑아를 제압한 후 주변을 바라보고 경악해야 했다.

가장 먼저 눈에 들어온 것은 시녀 설화였다.

설화는 정신을 잃은 빙혈서생을 발로 걷어차고 있었다.

"내가 왜 시녀 노릇을 해야 하는 거지!"

퍽!

"대체 왜 나를 못살게 구는 거야!"

퍽!

"진짜 성질 같아서는 그냥 자근자근 썰어서 황하에 털어넣어야⋯⋯."

발길질 한 번에 넋두리 한 번.

시녀가 빙혈서생을 제압하다니?

물론 경공을 보고 설화가 한 수를 가진 소녀일 것이라고는 생각했지만, 이런 결과는 상상도 못 했다.

잘해 봐야 빙혈서생을 유인해서 시간을 벌어 줄 것이라고만 생각했다.

게다가 이 가차 없는 손속은 과연 무엇이란 말인가?

그 손 속이 열다섯 살 소녀에게서 나오고 있다는 사실이 윤용호는 믿기지 않았다.

설화에게 천천히 걸어간 윤용호가 말했다.

"소저!"

출발할 때만 해도 편하게 이름을 불렀지만, 지금은 조심스러운 호칭이 저절로 나왔다.

"이런 개밥도 안 되는 놈이 성질을 건드리고 그래."

하지만, 설화는 계속 넋두리를 하며 빙혈서생을 발로 걷어찰 뿐이었다.

보다 못한 윤용호는 설화의 어깨를 조심스럽게 건드렸다.

톡! 톡!

그의 조심스러운 신호에 설화가 발길질을 멈추고 고개를 돌렸다.

순간 윤용호는 설화 속에서나 나오는 악귀가 이렇게 생겼구나 하는 것을 알 수 있었다.

윤용호는 지금 앞의 소녀가 악귀라는 것을 생긴 것이 아니라 기세로 알 수 있었다.

그 기세의 정체는 순수한 살의(殺意).

미간을 꿈틀대던 설화가 윤용호를 바라보자 고개를 갸웃했다.

마치 아무 일도 없었다는 듯 천진난만한 표정.

윤용호는 아무 말도 못 하고 빙혈서생을 가리켰다.

설화가 쓰러진 빙혈서생을 바라봤다.

동시에 설화의 눈이 커졌다.

설화는 빙혈서생에게 달려가서는 손수건을 꺼내 그의 상처를 닦아 주며 말했다.

"죄송해요, 아저씨. 공자님이 반만 죽이랬는데, 저도 모르게…… 죄송해요."

윤용호는 그 모습을 보고 자신도 모르게 흠칫 떨었다.

저걸 병 주고 약 준다고 해야 하나?

쓰러진 빙혈서생의 상처를 처치한 설화가 일어나자 윤용호가 머뭇거리다가 물었다.

"괜찮으십니까?"

"아, 저 사람 말이죠? 죽지는 않았을 거예요. 아 미치겠네, 분명히 반만 죽이라고 했는데…… 조금 더 죽인 것 같기도 하고……"

횡설수설하는 설화에게 윤용호가 양손을 흔들며 말했다.

"그게 아니라 소저가 괜찮냐고 물어본 겁니다."

"아, 저요?"

놀란 설화가 자신을 가리키며 묻자 윤용호가 고개를 끄덕였다.

"네, 소저의 상태가 좀 이상한 것 같아서 말입니다."

"……"

설화는 말없이 고개를 갸웃했다.

뭔가 불길함을 느낀 윤용호가 재빨리 물었다.

"왜 그러십니까? 소저."

"그런데 아저씨. 왜 저를 소저라고 부르세요? 출발할 때만 해도 설화라고 친근하게 불러 주셨잖아요."

"아, 그러니까⋯⋯."

"편하게 불러 주세요."

"아, 알았다. 설화야."

윤용호는 입에 맞지 않은 옷을 입은 것처럼 어색하게 웃었다.

윤용호는 편육랑아 강소추와 빙혈서생 소경운의 마혈을 제압해서 마차 옆에 묶어 두었다.

모든 상황이 끝난 것 같자 윤용호는 한숨을 내쉬었다.

"휴⋯⋯."

"왜 그렇게 한숨을 쉬세요?"

"말이 산서삼살이지, 삼살을 이렇게 제압한다는 건 상상도⋯⋯."

윤용호가 말끝을 흐렸다.

이제야 삼살의 첫 번째인 흑의살풍이 기억난 것이다.

그가 재빨리 말을 이었다.

"사 공자님은 어디에 계시는 거죠? 혹시 납치라도?"

"우리 공자님이 납치를 당해요? 그럼 좋⋯⋯."

설화는 재빨리 끝말을 삼키고 손가락으로 잔도의 굽어진

곳을 가리켰다.

그곳으로 시선을 돌린 윤용호가 다시 고개를 갸웃했다.

멀리서 빨래하는 소리가 들렸기 때문이다.

퍽! 퍽!

빨랫방망이로 빨래를 자근자근 다지는 이 소리는 박자까지 맞춰 일정하게 들렸다.

"저게 뭐지?"

그때 설화가 다급하게 그곳으로 달려갔다.

"나보고는 반만 죽이라고 해 놓고서는!"

윤용호는 그 뜻을 알지는 못했지만, 다급하게 그녀의 뒤를 쫓았다.

지척에 있는 현장에 도착한 윤용호는 그제야 설화의 말뜻을 알았다.

지금 눈앞에서는 한빈이 마늘을 절구에 넣고 다지듯 흑의 살풍을 빨고 있었다.

문제는 한빈의 표정이었다.

화풀이하는 듯 빙혈서생을 패던 설화의 표정과는 달리 한빈의 표정은 너무도 평온해 보였다.

표정만 봐서는 염화미소를 떠올릴 정도였다.

하지만, 끊임없이 움직이는 주먹은 아수라와도 같았다.

윤용호는 한빈에게 조심스럽게 다가가 그의 어깨를 두드리려 했다.

그때였다.

한빈이 타격을 멈추고 뒤돌아봤다.

윤용호의 눈빛이 살짝 떨렸다.

얼굴은 부처인데 주먹에 흐르는 피를 보면 완벽한 부조화를 이루고 있었다.

그때였다.

설화가 달려와 다급하게 손수건을 꺼냈다.

"철노 아저씨 말이 맞네요. 자꾸 주먹을 다친다고. 그러니까 주먹 쓰지 말라고 부탁드렸잖아요."

"아, 미안."

"일단 상처부터 치료해요."

설화는 손수건으로 한빈에게 묻은 피를 닦아 냈다.

그 모습을 보는 윤용호는 다급히 고개를 돌렸다.

딱 봐도 한빈의 피가 아닌 흑의살풍의 피였다.

그런데 대화는 한빈이 피해자인 것처럼 포장하고 있었다.

순간 윤용호는 낭인왕 이세명이 했던 말을 떠올렸다.

-천 리를 가는 동안 강호를 배우게. 그리고 하북팽가 사공자에게 배울 것이 있으면 훔쳐서라도 배우게.

그는 이 말뜻을 오해했었다.

언제든 깨질 물건이니 그 물건을 옮기며 경험을 쌓으라는 소리인 줄 알았다.

그런데 지금 생각해 보니 그런 말뜻이 아닌 것 같았다.

하지만, 뭘 배워야 할지는 도무지 감이 안 잡혔다.

윤용호는 자신도 모르게 하늘을 올려다보며 천리 표행의
의미를 되새김질했다.

적과의 동침

한 시진이 지나자 모든 상황은 깔끔하게 정리되었다.

물론 바닥에 남은 혈흔은 제외하고 말이다.

마차를 잔도의 옆으로 치우고 산서삼살을 잔도의 가장자리 벽으로 몰아넣자 설화가 말했다.

"다행히 크게 다친 놈들은 없어요, 공자님."

"설화야."

"왜요?"

"너는 쟤가 멀쩡해 보이냐?"

"뭐, 괜찮아 보이는데요."

"아무래도 늑골 서너 대는 나간 것 같은데?"

한빈이 빙혈서생 소경운을 가리키자 설화가 고개를 흔들

었다.

"아, 아니에요! 그건 저 사람이 약해서 그래요. 딱 봐도 혈색도 안 좋고……. 그래도 숨은 쉬고 있잖아요."

설화가 숨도 안 쉬고 변명을 늘어놓았다.

산서삼설의 첫째면 몰라도 둘째와 셋째가 한 번에 덤벼도 꺾을 수 있는 설화였다.

물론 정정당당한 비무가 아닌 살수의 본능을 살린 생사결을 했을 때의 이야기였다.

설화는 자신이 흥분한 것을 이제야 깨쳤다.

하지만 설화의 말 중 반은 사실이었다.

양과 음의 조화 중 음의 내공을 익힌 빙혈서생은 혈색이 파리했다.

산서 무림에서는 그의 혈색이 공포의 대명사로 자리 잡았지만, 쓰러져 있는 모습은 누가 봐도 환자였다.

"그런데, 아까 뭐라고 했지? 왜 나만 가지고 그러냐고 화풀이하는 것 같았는데."

"아, 그것도 오해예요. 공자님하고 제가 어떤 사이인데 그런 말을 해요?"

"무슨 사이기는? 계약으로 맺어진 사이지."

"아, 너무하시네요."

한빈은 아무 말 없이 피식 웃다가 산서삼살을 가리켰다.

"설화야, 손님들 좀 깨워 봐."

"네, 공자님."

설화가 먼저 흑의살풍의 아혈을 풀었다.

픽! 픽!

흑의살풍이 게슴츠레 눈을 뜨자 한빈이 그들 앞에 쪼그려 앉았다.

"이제 정신은 들고?"

한빈의 질문에 흑의살풍 막대강이 미간을 좁혔다.

"음, 지금 뭐 하는 짓이냐? 이렇게 욕을 보이려면 차라리……."

그의 말이 끝나기도 전에 한빈이 물었다.

"죽이라고?"

"흠."

흑의살풍 막대강이 헛기침하자 한빈이 피식 웃으며 말을 이었다.

"졌으면 승복하는 게 강호의 도리이거늘, 승복을 하기는커녕 얼굴에 침을 뱉을 기세네."

"이놈이 정녕……."

흑의살풍의 미간에 팔자 주름이 잡혔다.

"관은 잘 짜 줄게. 걱정하지 말고."

한빈이 씩 웃자 막대강은 표정을 굳혔다.

얼굴만 보고 정파의 논리를 들먹이면 대충 빠져나갈 수 있으리라 생각했는데, 왠지 모르게 한빈의 말투에서 사파의 분위기가 물씬 풍겼기 때문이었다.

"잠시만 기다리시오. 아무래도 오해가 있는 것 같은데 대화로 풀어 봅시다."

"강호에 나오면서 느낀 건데 대화로 풀자는 놈치고 제대로 된 놈이 없더라고요."

"대체 뭘 원하시오?"

"생각해 봐, 너희들은 청명환을 원해서 나를 죽이려고 온 거 맞지?"

"……."

"그런데, 실패했고 말이야. 그럼 나는 너희를 어떻게 해야지?"

"그야……."

"그래, 네 생각이 맞아. 원래는 정의맹과 사도련의 규칙에 따라 목을 따는 게 맞겠지."

"규칙에 항거불능의 상대에게는 해를 가하지 않게 되어 있지 않소?"

"그건 맞지. 협정에 의하면 말이야. 그런데 그건 약자를 해치지 못하게 서로 협약을 맺은 거고. 너희는 다짜고짜 나를 죽이려고 덤볐잖아. 너희 사도련주는 목에 칼이 날아왔는데 상대를 용서해 주나?"

흑의살풍은 아무 말 없이 눈만 끔벅였다.

옆에서 보고 있던 표두 윤용호도 상황이 좀 이상했다.

하북을 벗어나는 것이 처음이라 들었는데, 지금 대화를 들어 보니 강호를 훤히 꿰뚫어 보고 있는 느낌이었다.

주변의 시선에는 아랑곳하지 않고 한빈이 말을 이었다.

"승부는 났고 더 이상 피를 보기는 싫으니까, 너희가 알아서 해."

말을 마친 한빈이 흑의살풍 막대강의 마혈을 찍었다.

순간 그의 근육이 꿈틀댔다.

기가 자유롭게 혈도를 타고 돌기 시작한 것이다.

이제는 자유로운 몸이 된 흑의살풍이 말했다.

"지금 우리를 풀어 주시는 건가?"

반존대로 묻자 한빈이 손을 내저으며 말했다.

"왜 자꾸 물어? 그리고 왜 보고만 있어. 네 동생들 혈도는 네가 알아서 풀어야지."

한빈의 말에 흑의살풍은 눈치를 보다가 슬금슬금 빙혈서생에게 다가가 그의 혈도를 풀었다.

픽!

빙혈서생이 정신을 차리고 주변을 두리번거리다가 삼살의 첫째 흑의살풍과 눈이 마주쳤다.

"혀, 형님, 대체 이게 무슨……."

그때 한빈이 끼어들었다.

"볼일 끝났으면 빨리 가래도 그러네."

"아, 알겠네. 그러지."

흑의살풍이 다급히 고개를 끄덕이며 편육랑아의 혈도마저 풀었다.

이제 모두가 자유의 몸이 된 상태.

산서삼살은 자리에서 일어나 한빈을 바라봤다.

그중 흑의살풍이 말했다.

"사정을 봐줘서 고맙네. 그리고 이 은혜는 언젠가는 꼭 갚겠네."

"일단 귀찮으니 빨리 가라고."

"진짜 이렇게 보내 주는 것인가?"

"빨리 가래도 그러네."

한빈이 귀찮다는 듯 손짓하자 가장 상태가 좋은 편육랑아가 양옆에 흑의살풍과 빙혈서생을 끼고 자리를 떠나려 했다.

그때 윤용호가 다급히 한빈의 소매를 잡았다.

"사 공자, 정말 이렇게 보내 주시는 거요?"

그 말에 산서삼살이 걸음을 멈췄다.

그들에게는 청천 하늘에 날벼락.

하지만 한빈은 사람 좋은 얼굴로 말했다.

"그럼 당연하죠. 승부가 정해진 상태에서 굳이 사람을 해칠 필요가 있겠습니까?"

"아무리 그래도 저들은 악랄한 사파의 무리네. 언제 다른 무리를 이끌고 이곳으로 쳐들어올지도 모르는데, 그냥 보내 준다고? 이건 자살행위나 마찬가지일세."

윤용호가 피를 토하듯 얼굴을 붉히며 외쳤다.

한빈은 잠시 하늘을 올려다봤다.

허허로운 그의 모습에 윤용호도 재촉하지 않았다.

침묵이 어색해질 때쯤 한빈이 자애로운 표정으로 말을 이었다.

"끌고 오면 또 어떻겠습니까? 약하면 뺏기는 것이고 강하면 지킬 수 있는 것이 강호의 법칙 아니겠습니까?"

"허, 소협의 뜻이 그렇다면 할 수 없지. 험."

윤용호는 자신도 모르게 사 공자에서 소협으로 호칭을 바꾸었다. 한빈은 강자존의 법칙과 더불어 강호의 도리에 관한 것을 말하고 있었다.

그는 아쉬운지 혀를 차더니 고개를 숙이며 바닥을 발로 두드렸다.

설화도 이 일이 이렇게 끝날지 몰랐다는 듯 한빈을 바라봤다.

한빈은 여전히 사람 좋은 얼굴로 싱긋 웃고 있었다.

물론 한빈의 태도에 가장 놀란 것은 산서삼살이었다.

그중 흑의살풍 막대강의 눈에는 보이지 않을 정도의 미미한 습기가 차올랐다.

약한 자를 밟고 이 자리까지 올라선 자신이었다. 자신은 한 번도 약자에게 이런 너그러운 아량을 보여 준 적이 없었다.

방금 한빈과의 결투는 미미하지만, 자신의 패배를 인정하지 않을 수 없었다.

계략에서 진 것도 패배는 마찬가지니까.

하지만, 한빈이 이런 아량을 보여 줄 줄은 몰랐다.

정파의 인물에게는 죽어도 고개를 숙이지 않는 흑의살풍이 한빈을 향해 조용히 포권했다.

그때였다.

설화가 고개를 갸웃하며 한빈에게 물었다.

"그런데 아까 그 전서구 말이에요."

"전서구가 왜?"

"뭐라고 적은 거예요?"

"별말 아니야."

"아, 궁금해서 그래요."

그들의 대화에 윤용호도 귀를 쫑긋했고 자리를 떠나려던 산서삼살도 발길을 멈췄다.

모든 시선이 한빈에게 모인 상태.

한빈이 뚱한 표정으로 말했다.

"아, 참, 갑자기 나를 이렇게 보니 부담스럽네. 원래는 비밀이었는데, 이번만 밝힐게."

"빨리요."

설화가 재촉하자 한빈이 살짝 입꼬리를 올린 채 말했다.

"청명환이 탈취당했다고 날렸어."

"탈취당했다고요?"

"그래, 산서삼살한테 탈취당했다고 써 놨어. 아마도 지금 쯤이면 사부님께 잘 도착했을 거야."

"헐, 그러면 지금 난리 난 거 아니에요? 팽가에서도 놀라서 달려오겠네요."

"그쪽보다 사파 쪽에 먼저 소문이 퍼질걸."

"사파 쪽은 왜요?"

설화가 고개를 갸웃거리자 한빈이 웃으며 말을 이었다.

"사파 쪽을 중심으로 소문내 달라고 부탁했으니까?"

여기까지 얘기한 한빈이 몇 걸음 떨어진 곳에서 대화를 엿듣고 있는 산서삼살을 바라보며 흐뭇한 표정을 지었다.

잠시 대화가 멈추자 옆에서 대화를 듣던 윤용호도 침을 꿀꺽 삼켰다.

옛날이야기를 하다가 가장 재미있는 부분에서 고의로 끊는 듯한 한빈의 태도에 윤용호가 끼어들었다.

"왜, 사파 쪽에 소문을 낸 건가? 팽 소협."

"그야 간단합니다. 만약에 정파 쪽으로 소문을 흘린다면 어떤 반응을 보일까요?"

"그야……."

"자기 일 아니니 뒷짐 지고 사태의 추이를 보겠죠."

"그렇게 생각하는 이유가 뭔가?"

"뭐, 이유는 간단합니다. 청명환을 찾는다고 해도 그것을 자신이 취할 수 있을까요? 명색이 정파인데요."

"흠, 일리가 있지만 좀 씁쓸하군."

"하지만, 사파 쪽에 소문이 나기 시작하면 눈에 불을 켜고 청명환을 빼앗기 위해 산서삼살을 추격하겠지요."

"오호라. 그런 깊은 뜻이 있겠군."

"뭐, 그 뒷이야기는 간단합니다. 산서삼살보다 강한 고수가 나타나 사실을 토설할 때까지 고문하겠죠. 사파의 틈에서 도망친다고 해도 그때는 정파의 추격을 받을 겁니다."

"그렇다면 바로……."

"네, 생각하신 게 맞습니다. 무림 공적이 된다는 거죠."

"그런데, 산서삼살의 말을 믿어 줄까?"

"생각해 보십시오. 지금 표행의 전력이라고 해 봤자 윤 표두님과 강 표두님밖에 없습니다. 저야 하북제일의 겁쟁이라는 오명이 가시지 않은 상태고요."

윤용호가 고개를 끄덕였다. 한빈의 말은 일리가 있었다.

임무를 맡은 자신도 조금 전까지는 한빈에 관해서는 오해하고 있었다.

"오, 무슨 말인지 알겠네. 저들이 돌아가 우리한테 당했다고 해도 믿어 줄 사람이 아무도 없겠군."

"네, 맞습니다."

고개를 끄덕인 한빈은 시선을 돌려 사람 좋은 얼굴로 산서삼살을 바라봤다.

그러고는 손을 흔들며 빨리 가라는 신호를 보냈다.

옆에 있던 설화는 입을 딱 벌렸다.

이건 살수의 악랄함과는 차원이 다른 악이었다.

설화가 다급하게 물었다.

"그럼 청명환은 어떻게 하고요?"

"뭐, 우리가 꿀꺽해도 모든 죄는 산서삼살이 뒤집어쓰는 거지."

한빈이 입에 약을 털어 넣는 시늉을 했다.

그때였다.

흑의살풍이 바람처럼 한빈의 앞에 뛰어왔다.

"대협!"

한 단어였지만, 내공을 담아서 외친 목소리는 잔도의 나무 바닥을 흔들기에 충분했다.

한빈이 황당하다는 듯 흑의살풍 막대강을 바라봤다.

"왜 그러십니까? 빨리 갈 길 가시죠."

"대협, 오해는 풀어 주셔야죠."

"그게 무슨 말씀입니까? 약한 저희를 꺾고 청명환을 탈취해 가시지 않았습니까?"

"그게 무슨……."

"뭐, 한칼에 저희의 목을 베었다면 누가 가져갔는지도 모르게 청명환을 탈취하실 수 있었겠지요."

"……."

"하지만, 저희가 완강히 저항하는 바람에 소문도 나고 상처를 입으신 게 아닙니까? 물론 탈취에는 성공하셨지만요."

이제는 산서삼살이 청명환을 탈취했다는 것을 기정사실처럼 말하는 한빈이었다.

앞에서 들었던 한빈의 이야기는 누가 봐도 그럴듯해 보였다.

만일 이곳을 떠난다면 한빈의 말대로 사파 고수들의 추격을 받을 것이 훤했다.

흑의살풍 막대강의 입장에서는 어떻게든 이 오해를 풀어야 했다.

이 오해를 풀어 줄 사람은 단 한 명밖에 없었다.

"대협! 제발 오해를 풀어 주시죠."

흑의살풍이 절뚝거리며 한빈에게 다가왔다.

이야기를 듣고 있던 빙혈서생도 재빨리 달려와 말을 보탰다.

"이건 오해입니다. 차라리 오해를 풀어 주고 저희를 이 자리에서 죽이시죠."

빙혈서생의 절규에 편육랑아와 흑의살풍이 놀라 눈을 크게 떴다.

하지만, 한빈은 의외라는 듯 눈을 빛내며 물었다.

"그게 무슨 말입니까?"

잠시 머뭇거리던 빙혈서생의 파리한 입술이 열렸다.

"생각해 보십시오. 저희가 여기에서 죽고 나면 모든 것이 끝나지만, 그 헛소문이 퍼진다면 사람들은 우리 가족, 아니 저희와 연결된 사돈의 팔촌까지 뒤질 겁니다. 그냥 저희를 죽여 주시고 오해를 풀어 주십시오, 대협."

빙혈서생의 말에 모두는 고개를 갸웃했다.

물론 그의 말이 일리가 있긴 했어도 한빈이 여기까지 계획 했으리라 생각하는 사람은 없었기 때문이다.

모두의 시선이 한빈에게 몰렸다.

빙혈서생 소경운의 말을 곱씹던 한빈이 고개를 천천히 끄덕였다.

"사파인 중에서도 제법 머리가 돌아가는 인물이 있군요."

한빈의 말에 모두가 그 자리에서 얼어붙었다.

전서구를 날린 하나의 행동에 이런 계책이 숨어 있을 줄은 아무도 몰랐다.

설사 알았다 하더라도 그 계략이 꼬리에 꼬리를 물고 상대의 가족까지 담보로 잡는다고 누가 예상할 수 있었을까?

오직 빙혈서생 소경운만이 한빈의 계략을 파악하고 있었다.

정도의 길과는 상반되는 길을 걷는 사파인이라도 자신의 가족은 소중한 법이었다.

자신이 아닌 가족이 누군가의 손에 놀아날지도 모른다는 생각을 하자 산서삼살 의형제 셋의 어깨가 크게 떨렸다.

그들의 모습에 한빈이 하늘을 한번 바라봤다.

마치 하늘과 대화를 나누는 듯한 기세에 아무도 입을 여는 자는 없었다.

얼마나 지났을까.

한빈이 결심한 듯 흑의살풍을 향해 말했다.

"일단 박아."

한빈의 말뜻을 이해한 자는 산서삼살 중에 없었다.

멀뚱멀뚱 한빈을 바라보는 산서삼살 셋은 마치 강호에 처음 나왔을 때의 눈빛을 하고 있었다.

한빈이 씩 웃으며 바닥을 가리켰다.

"무슨 말인지 몰라?"

그 표정이 너무 순수했기에 옆에 있던 표사 둘은 입을 딱 벌려야 했다.

물론 설화는 그럴 줄 알았다는 듯 고개를 끄덕였다.

산서삼살의 정리가 끝난 두 시진 후.

한빈은 조용히 허공을 올려다보며 용린검법의 구결을 정리하기 시작했다.

가장 먼저 해야 할 일은 인급 구결 초식 두 개를 더 얻는 것이었다.

강호에 흩어진 용린검법의 구결을 찾는 것이 한계를 돌파할 수 있는 방법이라는 것을 알았다.

거기에 더해 용린검법의 해석이 막히면 설명을 들을 방법도 알았으니 이제 답답함도 없어졌다.

허공을 보며 웃고 있는 한빈을 본 윤용호가 물었다.

"팽 소협, 저들을 언제까지 저렇게 둬야 하나? 아무리 사파의 무리라지만······."

그는 말끝을 흐리며 손가락으로 산서삼살을 가리켰다.

체구는 다르지만, 산서삼살 세 명은 공평하게 바닥에 머리를 박고 있었다.

한빈이 시선을 돌려 표두 윤용호를 바라봤다.

"아직은 괜찮습니다."

"아무리 그래도 이건 아닌 것 같은데. 안 그런가? 팽 소협."

"상대의 목에 칼을 들이댔을 때는 이 정도 각오가 되어 있어야죠. 그게 강호의 법칙 아닙니까?"

"그래도 가족을 담보로 위협하는 것은 정파의 도리에······."

"아닙니다. 저들은 벌써 제 가족에게 칼을 들이댔습니다."

"가족이라고? 그럼 산서삼살을 전에 만난 적이 있단 말인가?"

"그게 아니라 제 동료가 가족이죠. 여기 있는 설화도 제 가족이고 표두님도 제 가족입니다. 전장에서 등을 맡길 수 있는 사람이 가족이 아니고 또 뭐겠습니까?"

이건 진심이었다.

피가 섞인 혈육이라도 등 뒤에 칼을 꽂는다면 그것은 가족이라 할 수 없었다.

하지만, 전생의 귀검대와 현재 자신을 돕는 이들은 한빈에게 진정한 가족이었다.

"흠,"

윤용호는 할 말이 없었다. 한빈의 말에 반박할 구석이 없었다.

가족이 아니라고 하면 마치 배신자가 될 것 같은 기분이었다.

그때였다.

멀리서 말발굽 소리가 들려왔다.

다가닥. 다가닥.

소리가 커질수록 나무로 된 잔도의 바닥이 점점 심하게 흔들렸다.

다시 느껴지는 표사 특유의 불길한 감각에 윤용호는 검집을 들었다.

동시에 옆에 있는 표사도 같이 검을 들고 보이지 않는 상대를 주시했다.

그때 설화가 고개를 갸웃하며 말했다.

"공자님, 넷 같은데요."

"말은 네 마리지만, 몇 명인지는 아직 모르지. 잘 들어 보면 말만이 아닐 수도 있고."

"하긴 그렇겠네요."

둘의 대화에 윤용호가 눈을 가늘게 떴다.

이 소리만으로 말이 몇 마리인지를 안다는 말인가?

말도 안 되는 소리였다.

말발굽 소리가 섞이면 그 숫자가 몇인지 정확히 판단할 수 있는 자는 그리 많지 않았다.

그런데 강호 초출인 사 공자가?

"아."

윤용호가 탄성을 터뜨렸다. 이제야 한빈이 강호 초출이라는 것을 떠올린 것이다.

처음에는 조금 무시했지만, 이후 산서삼살을 제압하는 과정에서 벌인 일이 너무도 자연스러워 한빈의 행동을 의심하지 않았던 것이다.

저게 하북제일의 겁쟁이라고?

다르게 생각하면 하북팽가에서 몰래 키운 비밀 병기일 수도 있었다.

도(刀)의 명가라 불리는 하북팽가에서 검술(劍術)의 달인까지 배출한다면?

그야말로 강북 오대세가 중에도 최고라 말할 수 있었다. 이런 기세라면 강북 무림 위에 하북팽가가 군림할 날이 얼마 안 남았을지도 몰랐다.

그때 한빈의 목소리가 들렸다.

"윤 표두님, 왜 그러세요?"

"아니네, 잠시 긴장했나 보네."

윤용호는 재빨리 손을 내저었다. 그러던 중 다시 이상한 점을 발견했다.

그것은 한빈의 말투였다.

산서삼살과 마주치고 나서의 말투와 모든 상황이 정리되고 나서의 말투가 확연히 달라졌다.

누가 보면 다른 사람이라고 할 정도였다.

지금의 모습만 본다면 하북제일의 겁쟁이라 불리던 그때의 모습과 다를 바가 없었다.

윤용호가 이런저런 생각으로 한빈을 바라보고 있을 때 굽은 길을 돌아 말이 나타났다.

다가닥, 다다닥.

윤용호는 슬쩍 입꼬리를 올렸다.

말이 두 마리만 나타났기 때문이다.

"팽 소협, 네 마리라고 하더니 두 마리만 보이는군."

한빈과 설화가 틀리자 이상하게 안심이 되는 윤용호였다.

그만큼 둘이 이번에 보여 준 모습은 놀라웠다.

말의 숫자라도 틀려야 강북 무림이 조금이라도 덜 들썩일 것 같다는 얕은 생각이었다.

그것도 잠시 윤용호는 검집을 꽉 틀어쥐었다.

말을 탄 상대가 점점 가까워졌기 때문이다.

자세히 보니 창을 든 남자와 검을 든 여인.

즉 무인이라는 말이었다.

게다가 저렇게 황급히 뛰어온다는 것은 목표가 있다는 뜻이었다.

만일 그 목표가 여기라면?

윤용호는 긴장의 끈을 늦추지 않았다.

그때 앞서 나오던 말 탄 사내가 안장 위에서 튕겨 올랐다.

말이 오는 속도에 사내의 경공이 더해지자 그는 쏜살같이 윤용호 쪽으로 날아왔다.

윤용호는 자신도 모르게 검을 뽑았다.

스릉!

그때였다.

뒤쪽에 있던 한빈이 윤용호의 손을 막았다.

탁!

덕분에 윤용호의 검은 반쯤 뽑혀 나오다가 말았다.

윤용호의 앞으로 나온 한빈이 외쳤다.

"악가 놈아! 왜 이리 호들갑을 떨면서 왔냐?"

"대형, 괜찮으신 겁니까?"

사내는 창을 바닥에 쾅 찍은 후 한빈을 뚫어져라 바라봤다. 그의 이름은 악비광이었다.

한빈과 절호곡 늑대 토벌 작전에서 만난 후부터 형, 동생 하는 사이였다.

나이는 비슷한데 한빈이 형 노릇을 했다.

악비광을 본 한빈이 고개를 갸웃했다.

"뭐가 괜찮아?"

"그러고 보니 멀쩡한 것 같기도 하고요."

악비광은 목을 쭉 빼고 한빈을 머리에서부터 발끝까지 자세히 살폈다.

한빈이 황당하다는 듯 물었다.

"그러니까, 뭐가 멀쩡하냐고? 갑자기 여기에는 무슨 일이고?"

그때였다.

뒤쪽에서 따라오던 여인이 탄 말이 도착했다.

휘이잉.

투레질하는 말을 달랜 여인이 고삐를 잡은 채 불만 섞인 목소리를 토해 냈다.

"악 공자, 자기 말을 두고 튀어 나가면 남은 말 한 마리는 어떻게 하라는 거죠?"

모두의 시선이 여인에게 쏠렸다.

아니나 다를까. 여인은 두 개의 고삐를 잡고 있었다.

뒤쪽에 따라오며 악비광이 타고 있던 말까지 수습해서 데려온 것이다.

악비광이 뒷머리를 긁적이며 변명했다.

"상황이 상황이니만큼 이해해 주시오."

하지만, 여인은 대답 없이 악비광을 제치고 쓱 튀어나와 한빈의 앞에 섰다.

"팽 공자님, 오랜만이에요."

"……."

한빈은 고개를 갸웃했다.

그녀의 이름은 무소율. 무씨검가의 직계로 한빈과 파혼한 사이였다.

여러 악연이 있었지만, 무씨검가와는 원한이 아닌 은인의 관계로 이어진 상태.

게다가 둘의 조합은…….

고개를 갸웃하던 한빈이 전에 악비광이 한 말을 떠올렸다. 악비광은 무소율을 좋아한다고 했다.

아마도 같이 있는 것은 그 때문일 텐데, 여기에 이리 급히 온 이유를 찾을 수 없었다.

한빈의 표정을 본 무소율이 급히 말했다.

"뭘 궁금해하시는지는 알겠어요. 저는 우연히 전서구에 적힌 내용을 봤을 뿐이에요."

"흠, 전서구는 분명 개방으로 갔을 텐데 그걸 어떻게 보셨나요?"

"아, 무제자 어르신께서 저희 가문에 잠시 머물고 계시거든요."

"사부님이 그쪽에 계신다고요?"

"종종 놀러 오시던데요. 아마도 천수장에 머무실 때 빼고는 하북의 세가들을 순회하시는 것 같아요. 그분 말씀으로는 입맛에 맞는 음식이 없으시다나 뭐라나."

"아."

한빈의 탄성에는 허탈함이 묻어났다.

천수장을 떠날 때 영영 안 들어올 것 같더니 최근 다시 돌아왔는데, 그사이에 하북을 누비고 다닌 모양이었다.

제자를 받고 나서 생긴 심경의 변화 같았다.

제자에 대한 욕심이 충족되고 나자 이제는 음식에 대한 욕심으로 바뀐 것인가?

한빈은 자신도 모르게 슬쩍 입꼬리를 올렸다.

그러던 중 옆에 있는 악비광이 눈에 들어왔다.

"너는 무슨 일이더냐?"

"대형이 산서삼살에게 당했다고 하는데 제가 안 올 수가 있겠습니까? 그래서 미친 듯이 달려왔죠."

"그게 아니라 너는 어떻게 전서구의 내용을 알게 됐냐는 말이다."

"그야……."

악비광이 쑥스러운 표정으로 무소율을 바라봤다.

시선을 받은 무소율은 콧방귀를 끼며 고개를 돌리고 말이다.

"음."

한빈은 침음을 심켰다. 아무래도 일이 꼬인 모양이었다.

사파 쪽을 중심으로 소문을 퍼뜨리라고 했지만, 홍칠개 옆에 있던 무소율과 악비광이 사실을 알게 된 것 같았다.

그때였다.

저 멀리서 마차 한 대가 나타났다.

마차를 본 설화가 눈을 크게 뜨며 끼어들었다.

"아, 그냥 말이 아니라 마차였네요."

그 말에 무소율과 악비광은 고개를 갸웃했지만, 윤용호만은 입을 떡 벌려야 했다.

말의 숫자를 맞히는 것도 모자라 뒤쪽에서 멀리 따라오는 말까지 맞히다니.

게다가 사 공자 한빈은 말의 숫자만이 아니라 마차인 것까지 예상한 듯 보였다.

윤용호는 하늘을 올려다봤다.

자신이 우물 안의 개구리가 아닌가 하는 허탈한 감정이 밀려들었기 때문이다.

한빈은 윤용호의 표정에는 아랑곳하지 않고 악비광과 무소율을 바라보았다.

일단 그들의 입을 막는 것이 먼저였다.

"일단 둘 다 내 말을……."

한빈이 이 둘을 어떻게 쫓아내야 할까를 궁리하며 설명하고 있을 때, 바닥에 머리를 박고 있는 산서삼살의 주변에 작은 진동이 생겼다.

덜덜.

그것은 그들이 느끼는 두려움과 분노의 합주였다.

빙혈서생 소경운은 이제 마지막 희망마저 버렸다.

그의 희망은 한빈의 말이 거짓이라는 것이었다.

거짓이라는 것에 대한 근거는 넘치고도 충분했다.

하북팽가의 사 공자는 강호에 나온 적이 없었다. 그렇다면 개방과의 인연도 없을 터.

어떻게 소문을 뿌린다는 말인가?

빙혈서생과 흑의살풍은 서로 전음을 주고받으며 몸을 회복시키고 있었다.

몸이 회복되는 대로 이곳을 벗어날 생각이었다.

하지만, 혹시 모를 위험 때문에 마지막까지 확인하는 중이었다.

그런데, 한빈의 사부가 개방의 홍칠개라는 사실을 알게 된 것이었다.

빙혈서생이 첫째 흑의살풍에게 전음을 보냈다.

-형님, 생각보다 거물을 건드린 것 같습니다.

-그러게 말이다. 그래도 도전해 볼 만한 가치는 충분히 있었다. 청명환 한 알이면 우리 세 형제와 가족이 대대손손 편히 먹고살 수 있지 않으냐?

-그런데, 애초에 정보가 잘못되지 않았습니까? 문제는 하오

하북팽가
검술천재

문입니다.

머리를 박고 있는 흑의살풍의 표정이 확 일그러졌다.

콧김을 내뿜은 흑의살풍 막대강이 빙혈서생에게 전음을
보냈다.

-그래, 네 말이 맞다. 돌아가는 대로 하오문을 족치자꾸나.

-형님, 그런데 돌아갈 수 있을까요? 저는 그 물음에 대해 회
의적입니다. 저 사 공자란 놈은 악, 그 자체입니다. 사파도 마교
도도 저렇게는 행동하지 않습니다.

-흠.

-외통수입니다, 외통수.

빙혈서생의 말 이후로 더는 전음이 이어지지 않았다.

더는 전음을 날릴 내공도 아까웠던 것이다.

그들이 절망의 늪에서 허우적댈 때 한빈의 설명이 끝났다.

"……이렇게 된 것이다."

"그럼 형님이 저들을 제압하신 겁니까?"

악비광이 놀란 듯 묻자 한빈이 조용히 고개를 저었다.

"아니, 나는 첫째만 상대했고 나머지는…….."

한빈은 말끝을 흐리며 윤용호를 가리켰다.

물론 이유는 있었다.

천리 표국은 괜찮지만, 산동악가까지 설화에 대해 의심하
기 시작하면 골치 아프기 때문이었다.

거대한 덩치 때문에 가려져 있지만, 악비광의 뱃속에 구렁이 서너 마리는 들어가 있다는 것을 한빈은 알고 있었다.

한빈의 시선을 받은 윤용호가 어색하게 웃으며 입을 열려 했다.

표정이 무슨 말이냐는 것 같았다. 그 모습에 한빈이 윤용호에게 의미심장한 미소를 지었다.

이번 웃음에는 그냥 인정하라는 신호가 담겨 있었다.

윤용호도 재빨리 한빈의 표정을 읽었다.

아마도 팽가의 비밀 병기는 사 공자 한빈이고, 한빈의 비밀 병기는 시녀 설화인 것 같았다.

윤용호는 재빨리 꺼내려던 말을 바꿨다.

"어떻게 하다 보니 그렇게 되었습니다, 하하."

윤용호의 호탕한 웃음이 끝나기도 전에 악비광이 다시 말했다.

"그럼 표사님께서 빙혈서생과 편육랑아를 제압하신 겁니까?"

"어쩌다 보니……."

"와, 저 둘이 한 번에 달려든다면 저도 감당하기 힘이 들 텐데 강북 무림에 새로운 고수가 등장했군요."

악비광이 진심이 담긴 말투로 응대하자 윤용호가 허탈하게 웃었다.

"하하, 과한 칭찬이십니다."

그때 무소율이 끼어들었다.

"그건 그렇고 저도 이번 표행을 돕겠습니다."

그 말에 한빈이 윤용호에게 눈짓했다.

그 신호를 받은 윤용호가 말했다.

"음, 그러니까. 이 부분은 조금 민감한 부분인데, 지금의 표행은 천리 표국의 행사입니다. 그러니 도움은 필요 없습니다."

정중한 거절에 무소율이 눈을 가늘게 떴다.

"저희 무씨검가와 천리 표국 사이에 협약을 알고 계실 텐데, 그런 말씀은 너무하신 것 같네요."

"무씨검가라니요?"

윤용호가 고개를 갸웃하며 무소율을 바라봤다.

"저는 무씨검가의 무소율이라고 해요."

"헉."

윤용호가 눈을 동그랗게 떴다. 무씨검가의 여장부 무소율.

그녀의 이름은 윤용호도 익히 들어 봤었다.

그때 옆에서 악비광이 끼어들었다.

"저는 산동악가의 악비광이라고 합니다."

"산동악가라고요?"

윤용호가 입을 벌렸다.

정신이 없어 이제야 통성명했는데 그 정체가 강북 무림에서 위세가 당당한 세가의 직계들이었던 것이다.

악비광이 넉살 좋게 웃으며 손을 내저었다.

"그렇게 놀라지 마십시오."

"끼어들지 마시죠."

무소율이 악비광에게 일침을 가했다.

그들의 대화에 한빈이 눈매를 좁혔다. 생각해 보니 무씨검 가와 천리 표국의 관계는 우호적이었다.

게다가 한빈이 모르는 모종의 협약이 되어 있는 느낌이었 다.

한빈이 고개를 돌려 뒤쪽에 마차를 바라봤다.

"저 마차는 무엇인지요?"

"아, 저기에는 여정에 필요한 물품이 실려 있어요."

"흠."

한빈은 관자놀이를 톡톡 치며 계산을 시작했다.

그것도 잠시 한빈이 사람 좋은 얼굴로 말했다.

"그렇다면 이렇게 하시죠."

"어떻게요?"

"제 계획은 간단합니다. 그러니까……."

한빈의 설명이 계속되자 듣고 있던 모든 이의 눈이 커졌다.

한빈의 계획은 간단했다.

산서삼살에게 끌려가는 척하자는 말이었다.

그들이 표물을 노획하고 한빈마저 끌고 가는 모습을 보인 다면 일단 사파의 무리에게 습격을 받을 확률이 줄어든다는 말이었다.

정파와 맞닥뜨리면 해명하면 그만이고 말이다.

원래 여기까지는 한빈의 계획에 있던 것이었다.

하지만, 무소율과 악비광이 오면서 인원이 추가된 것이다.

한빈뿐 아니라 악비광과 무소율마저도 산서삼살에게 제압되어 끌려가는 모습을 보여 줘야 한다는 말이었다.

그 계획에 악비광이 고개를 저었다.

"저는 그렇게는 못 하겠습니다. 어찌 천하의 악가가 산서삼살에게 끌려가는 척을 한다는 말입니까."

순간 무소율이 미간을 좁혔다.

"그럼 빠지시죠. 괜히 귀찮게 쫓아와서는…… 흥."

이것은 무소율의 진심이었다.

얼마 전 한빈과의 만남이 악연이라 생각했는데, 그것은 바로 인연으로 반전되었다.

사실 무씨검가는 자신의 대에 와서 하북제일검이라는 명맥이 끊길 것으로 봤다.

그 이유는 게으른 천재인 동생 무소위 때문이었다.

개망나니로 불리던 동생 무소위가 지금 한빈 덕분에 확 달라져 가문의 기대를 한 몸에 받는 상태로 변했다.

무소위는 한빈 덕분에 깨달음을 얻은 이후, 하루가 다르게 변하고 있었다.

파혼으로 인해 한빈과의 인연은 끝났지만, 무인으로서 느끼는 호기심은 감출 수 없었다.

그런데, 악비광이 쫓아와 자꾸 방해를 하는 것이었다.

날카로운 무소율의 눈빛에 악비광이 손을 내저었다.

"제가 안 한다는 말씀이 아니지 않습니까? 합니다, 해요. 이게 다 작전이라는 걸 제가 아는데, 왜 안 하겠습니까? 소문은 한순간이고 이번 여정에서 얻을 명성은 영원할 겁니다, 하하."

악비광의 웃음에 모두가 황당하다는 듯 고개를 돌렸다.

악가를 이끌어 나갈 모습치고는 너무 가벼웠다.

게다가 덩치라도 작으면 이해할 텐데 악비광은 기골이 장대한 무사였다.

외모와는 안 어울리는 가벼움.

그것은 무엇 때문일까?

모두는 그것이 무소율 때문이라는 것을 알고 있었다.

무소율을 향한 악비광의 감정은 드러나도 너무 드러났다.

물론 무소율이 한빈에게 보내는 은근한 시선도 설화는 느끼고 있었다.

모두의 시선에 아랑곳하지 않고 한빈이 뒤쪽을 보며 말했다.

"너희도 들었지?"

산서삼살에게 하는 말이었다.

"……."

그들은 말이 없었다. 대화 내용은 들었지만, 뭐라 답해야 할지 몰라서였다.

하지만 한빈은 틈도 주지 않고 말을 이었다.

"설화야, 지필묵 하나 더 준비해라. 전서구 하나 더 날리자."

"네, 공자님."

설화가 가벼운 발걸음으로 달려가자 산서삼살 중 빙혈서생이 재빨리 일어나 말했다.

"대협, 알겠습니다. 명에 따르겠습니다."

그의 말에 한빈이 흡족하게 웃다가 고개를 갸웃했다.

"내가 언제 일어나라고 했지?"

"아."

빙혈서생이 멍하니 있다가 다시 바닥으로 머리를 꽂았다.

그 모습에 무소율이 입을 딱 벌렸다.

물론 악비광도 마찬가지였다.

그들과의 대결에서 이겼다는 말을 들었을 뿐, 지금 산서삼살의 반응을 보니 이건 그냥 이긴 것이 아니었다.

바닥에 놓고 자근자근 밟지 않으면 나오지 않을 모습이었다.

그때 한빈이 말했다.

"기상!"

그 소리에 산서삼살은 마치 병사처럼 일사불란하게 움직였다.

한빈은 대충 표행의 대열을 정비했다.

앞쪽에는 흑의살풍과 빙혈서생이 표행을 끌고 가는 형태이고 가장 뒤쪽에는 편육랑아가 한빈 일행의 도주를 막는 것처럼 보이게 만들었다.

마차에 탄 한빈이 그 광경을 흐뭇하게 바라보자 설화가 물었다.

"남들이 믿을까요?"

"설화는 다른 사람들이 왜 못 믿을 거라고 생각하는 거지?"

"꼭 호위하는 모습이잖아요."

"아니지, 바꿔 생각하면 철저히 감시하는 모습일 수도 있잖아."

말을 마친 한빈은 툭 하고 자신이 앉은 자리를 건드렸다.

그러고는 한철 궤 하나를 꺼냈다.

그 모습에 설화가 화들짝 놀라 물었다.

"공자님, 지금 그것도 가짜죠? 좌석 밑에 얼마나 많은 가짜 한철 궤가 있는 거예요?"

"궁금하면 보든가."

한빈이 옆으로 비켜 좌석을 열었다.

순간 설화의 눈이 커졌다.

"이렇게 많은 한철 궤를 대체…….'

"아, 내가 아는 장인에게 부탁했지."

"흠, 단시간에 만들기 어려웠겠는데요."

설화가 턱을 괴며 무수히 많은 한철 궤를 감상했다.

"솜씨가 좋은 분이지."

한빈은 싱긋 웃으며 정소연의 할아버지 정철민을 떠올렸
다.

떠나오기 전 한빈은 몰래 움직이며 이번 여정을 준비했는
데 그중 한 가지가 한철 궤였다.

사실 한철 궤 전체가 한철로 만들어진 것은 아니었다.

한철은 얇게 펴서 나무를 감싸는 형태로 만드는 방식이 일
반적이다.

얇게 펴면서 강도를 유지하기란 쉽지 않았다.

하지만, 정철민은 단시간에 이 많은 한철 궤를 만들어 냈
다.

심미호가 하북팽가에서 빼내 온 것을 복제한 것과, 모양만
그럴듯하게 만든 것이 섞여 있었다.

물론 내용물도 알차게 채워 넣은 상태.

한빈이 의미심장한 웃음을 보이자 설화가 물었다.

"그런데, 처음 마차에 타셨을 때 한철 궤를 좌석 밑에 넣었
잖아요."

"눈썰미가 좋군."

한빈이 칭찬의 말을 건네자 설화가 눈을 초롱초롱하게 뜨
며 물었다.

"그럼 진짜에 표시는 해 두신 거죠?"

"아니."

"표시를 안 했다고요? 대체 왜 그러신 거예요?"

"적을 속이려면 나부터 속여야 하는 법이지."

설화는 고개를 갸웃했다.

맞는 말 같기도 하고 모순이 있는 것 같기도 했다.

"그럼 어떻게 찾아요?"

"필요한 사람이 찾을 텐데 뭘 걱정이야."

"그러다 중간에 도둑맞으면. 진짜를 잃어버린 건지 가짜를 잃어버린 건지 모르잖아요."

"그야, 운 좋은 놈이 진짜를 뽑아 가면 그걸 어떻게 말려."

"헐."

설화는 한빈의 표정을 살폈다. 가볍게 웃는 평상시 모습 그대로였다. 설화가 다시 물었다.

"대체 무슨 계획이죠?"

"그런 비밀이야. 궁금하면 나중에 눈으로 직접 확인해."

"아."

설화가 탄성을 흘릴 때 뒤쪽에서 말발굽 소리가 가까워졌다.

열린 창문 사이로 무소율의 목소리가 들려왔다.

운수 좋은 날

"저도 같이 타고 가도 돼요?"

무소율의 물음에 한빈이 잠시 그녀를 바라봤다.

그 시선에 무소율이 어색하게 웃었다.

한빈이 설화 옆을 가리키며 말했다.

"좋을 대로 하시죠, 소저."

한빈이 답하자 무소율은 말고삐를 잡고 앞으로 달려갔다.

아마도 빙혈서생에게 말을 맡기려는 듯 보였다.

그 모습에 설화가 조용히 물었다.

"무소율 소저는 공자님과 무슨 사이예요?"

설화는 한빈의 대답을 기다리며 죽통을 열어 물을 한 모금 들이켰다.

그때 한빈이 답했다.

"아, 파혼한 사이."

"풋."

설화가 물을 뿜었다.

다급하게 표정을 수습한 설화가 한빈과 창밖을 번갈아 바라봤다.

그러고는 묘한 웃음을 지었다.

잠시 후 무소율이 마차에 오르자 악비광도 다가왔다.

악비광이 마차 안으로 고개를 들이대며 물었다.

"대형, 저도 합석해도 되겠습니까?"

"넌, 안 돼."

"무 소저는 되고 왜 저는 안 됩니까?"

"잘 봐, 여기에 네가 탈 자리가 있는지."

한빈이 마차 내부를 가리켰다.

악비광의 커다란 덩치에 비하면 좁아 보이는 마차 내부였다.

악비광이 모른 척 다시 물었다.

"정말 안 됩니까?"

"지금은 안 되고 나중에 타라, 비광아."

"나중이 언제입니까?"

"근골을 조절할 정도의 경지가 되면 타도 되지."

"아, 정말 너무하십니다."

악비광이 커다란 덩치에 걸맞지 않게 고개를 흔들었다.

그 모습에 마차 안에 있던 모든 이가 웃었다.

며칠 후.

표행은 순조롭게 진행되었다.

한빈은 전서구를 날려 산서삼살이 청명환을 탈취했다는 사실을 퍼뜨리는 것을 보류했다. 대신 홍칠개에게 전서구로 표행이 하남정가에 도착하지 않을 경우, 바로 다시 소문을 퍼뜨리라는 부탁을 전했다.

그들이 온 거리는 천 리 중 오분지 일.

잔도를 끼고 도는 길은 끝이 나고 이제는 뱃길로 올라서야 할 차례였다.

여기까지 오면서 사파 무리 중 몇을 만났다.

다행히 그들은 산서삼살의 아래였기에 표행과 마주치자 꽁무니가 빠지게 도망쳤다.

순조로운 표행이 진행되는 동안 멀리서 그들을 지켜보는 두 쌍의 눈이 있었다.

그들은 다름 아닌 이무명과 장자명이었다.

"헉헉."

장자명이 가쁜 숨을 토해 냈다.

그는 산 아래 잔도를 지나가는 마차를 내려다보며 끊임없이 산자락을 타고 있었다.

물론 그 마차는 한빈이 탄 마차였다.

숨을 몰아쉬던 장자명이 외쳤다.

"조금 쉬었다가 가죠!"

"장 의원님, 지금 쉬면 주군을 놓칠 수 있습니다."

"아니, 이 길이 지름길이라면서요. 가는 길에 못 구한 약초도 캐야 합니다."

"혹시 주변에 찾으시는 약초가 있습니까?"

"험, 그러니까……."

"지금 주군을 놓치면 약속을 못 지킬 수도 있습니다. 그럼 전서구가 백독문으로 날아가는 것도 아시지 않습니까?"

"헉!"

장자명이 비명을 토해 냈다.

지금 한빈이 마차 위에 싣고 가는 전서구는 몰려오는 적을 위한 것만은 아니었다.

그 전서구는 장자명에게 채찍이었다.

그렇다면 당근은?

그것이 문제였다. 장자명에게는 당근이란 없었다. 장자명은 오로지 앞만 보며 달려가는 경주마가 된 기분이었다.

문제는 그 채찍의 효과가 엄청나다는 점이다.

한빈의 전서구 한 방이면 백독문에서 파문되는 것은 물론 이요, 무림에서 매장당할 것이 뻔했다.

사실 요즘 들어 장자명은 방심하고 있었다. 자신을 이렇게 채찍질하는 사람이 갑자기 툭 튀어나온 것은 그에게 재앙이 었다.

타다닥, 타다닥.

장자명이 발이 보이지 않을 정도로 산길을 타기 시작했다.

잔도로 산을 돌아서 가는 길보다 더 빠르지만, 체력이 문제였다.

장자명의 발이 조금이라도 늦어지면 이무명이 외쳤다.

"전서구를 기억하십시오!"

"네, 알겠습니다."

잠시 후.

장자명의 얼굴에 화색이 돌았다.

이제 잔도의 끝이 보이는 데다 내리막길이라서 훨씬 수월했다.

그가 맡은 임무는 총 세 가지였다.

첫 번째 임무가 잔도의 끝에서 기다리고 있을 것이었다.

막 마차가 지나간 잔도의 끝.

이무명과 장자명이 나타났다.

이무명은 주변을 두리번거리다가 검은색 바위 쪽으로 걸어갔다.

이무명은 바위 뒤를 찾다가 뭔가를 발견한 듯 쓱 집어 품에 넣었다.

그러고는 장자명에게 건넸다.

"여기 있습니다."

"네, 확인했으니 빨리 영단산으로 출발하시죠. 그쪽에서 캐야 할 약초가 꽤 많습니다."

"네, 지름길로 안내해 드리겠습니다."

이무명이 씩 웃자 장자명의 안색이 다시 파래졌다.

그것도 잠시, 고개를 갸웃한 장자명이 말했다.

"이 호위, 혹시 사 공자가 무슨 일을 꾸미는지 알고 계십니까?"

"제가 어떻게 알겠습니까? 이번에는 맡은 바 임무에만 충실하면 된다고 전서에 적혀 있었습니다."

"흠, 제가 맡은 일은……."

"아닙니다. 분명히 전서에 자신이 맡은 일에 대해서는 발설하지 말라고 되어 있을 텐데요."

"그래도 이 호위는 아셔야 할 것 같습니다. 잘못하면 무림이 뒤집힐 일이……."

"괜찮습니다. 저야 몇 개월 뒤면 하북팽가를 떠날 사람 아닙니까?"

이무명이 씩 웃었다.

장자명은 그때야 이무명이 현실적인 무인이라는 것을 깨

달았다.

잠시 후. 한빈이 탄 천리 표국의 마차.

덜그럭, 덜그럭.

마차가 심하게 흔들리자 한빈이 창밖을 바라봤다.

멀리 물길이 보이는 것이 나루터 근처였다.

아마도 강가에 깔린 자갈 때문에 바닥에 고르지 못한 것
같았다.

나루터에 도착한 한빈이 재빨리 마차에서 내렸다.

그러던 중 어딘가로 다급하게 고개를 돌렸다.

휙!

그 모습에 설화가 물었다.

"왜 그러세요?"

"아무것도 아니야."

말을 마친 한빈은 피식 웃으며 눈을 비볐다.

멀리서 구결을 나타내는 점을 본 것이다.

하지만, 그곳에는 사람도 없고 점도 없었다.

그때 멀리서 웃음소리가 들려왔다.

"하하."

그 웃음소리에 고개를 돌려 보니 나루터 쪽에서 편육랑아

강소추가 기분 좋게 웃고 있었다.

이곳에 도착하기 반 시진 전까지만 해도 어깨가 축 처져 있는 그였다.

그런데 이리 웃고 있다니?

한빈은 자신도 모르게 귀를 쫑긋 세웠다.

다시 편육랑아의 목소리가 들렸다.

"하하, 역시 너희도 우리 산서삼살의 위명을 알고 있구나."

"네네, 그렇습죠."

"이렇게 나루터까지 비워 두다니. 우리의 위명이 아직 살아 있는 게야."

기분이 좋아진 편육랑아가 낭아봉을 바닥에 박았다.

파ー악!

동시에 나루터 쪽의 자갈이 튀어 올랐다.

편육랑아는 천천히 걸어 한빈 쪽으로 걸어왔다.

"나눠서 타지 않아도 될 것 같습니다, 대협."

"아, 대협이라고 부르지 말래도 그래요. 누가 보면 내가 산서삼살을 끌고 가는 줄 알 거 아닙니까? 하남정가에 도착하기 전까지는 산서삼살이 우리를 끌고 간다는 걸 명심해 주시죠."

"아, 그러니까……."

"당당하게 어깨 펴고."

한빈이 씩 웃자 편육랑아가 주위를 두리번거리며 말을 이었다.

"흠, 그러니까. 우리가 나룻배를 나눠서 안 타도 될 것 같습니다."

"무슨 말이죠?"

"오늘따라 나루터에 손님이 없다고 합니다. 그래서 마차와 말, 그리고 저희를 한 번에 태울 수 있다고 합니다. 아무래도 우리의 위명 때문에 사람들이 자리를 피한 것 같습니다."

편육랑아가 자랑스러운 듯 뒤쪽을 힐끔 바라봤다.

그때 뒤쪽에서 흑의살풍과 빙혈서생이 표사 일행과 함께 걸어왔다.

그중 윤용호가 한빈의 앞으로 걸어와서 말했다.

"배는 해결된 것 같습니다."

"제가 듣기로는 나루터에 손님이 없다는데 무슨 일이죠? 이곳 장하가 이렇게 한가한 곳이 아닐 텐데요?"

"어찌 그렇게 잘 압니까?"

"저도 들은 바가 있습니다."

"사실 표행을 다니면서 오늘 같은 경우는 처음입니다. 이곳 나루터는 장하의 중심이 아닙니까? 그래서 상권도 형성되어 있고. 그런데 장사치마저 안 보인다니, 덕분에 배를 기다리지 않아도 되는군요. 운수가 좋다고 해야 하나? 껄껄."

"네, 우리가 운수가 좋다고 하면 누군가의 운수는 사납겠군요."

"허, 그게 무슨 말입니까?"

"강호를 떠돌다 보면 운이라는 게 한정돼 있다는 생각이 듭니다. 그 운을 뺏기 위해 싸우는 것이 바로 문파 간의 전쟁이지요."

"꼭 말하는 게 강호의 노고수 같군요. 대체 언제 그렇게 안목을 넓혔습니까?"

"책에서 배웠습니다."

"흠."

윤용호는 헛기침하며 고개를 돌렸다.

이제까지 한빈의 대답은 모두 비슷했다.

어디서 들었다.

책에서 배웠다.

그것도 아니면 비밀이라고 얼버무렸다.

윤용호는 그가 하북팽가에서 키우는 비밀 병기라는 예측을 바꿔야 했다. 예측이 아니라 확신으로 말이다.

한빈은 조용히 어딘가를 바라봤다.

이곳 장하는 하남정가에서 운용하는 다루(茶樓)가 있는 곳이었다.

하북 번화가에서도 찾아볼 수 없는 고급 찻집이라 들었다.

시선을 돌려 보니 경치 좋은 곳에 자리 잡고 있는 다루가 눈에 들어왔다.

그곳이 바로 하남정가에서 운영한다고 소문났지만, 경영

권은 정화 부인에게 있는 다루였다.

한빈의 눈빛이 이번만큼은 매섭게 번쩍였다.

이번 표행으로 정화 부인과의 악연은 모두 끝내야 했다.

한빈의 달라진 기세에 설화가 조심스럽게 물었다.

"공자님, 왜 그러세요?"

"아니다."

"아니긴요, 갑자기 주변이 싸늘해졌잖아요."

설화가 해맑게 웃으며 주변을 가리켰다.

그곳에서는 산서삼살이 어깨를 가늘게 떨고 있었다.

한빈의 감정이 요동치고 있다는 것을 느낀 것이다.

한편 한빈이 바라보던 다루의 한구석.

비쩍 마른 중년이 차를 홀짝이고 있었다.

그의 앞에는 온갖 차가 즐비하게 놓여 있었다.

찻잔을 들어 향기를 맡던 그는 다시 다른 찻잔을 들었다.

"흠, 좋구나! 좋아."

"단주님, 이제 시간이 됐습니다."

맞은편에 앉은 사내가 말하자 단주라 불린 중년 사내가 창밖을 바라봤다.

"아직 시간이 남았거늘 왜 이리 재촉하느냐?"

"단주님께서 그러시지 않았습니까? 일찍 일어나는 새가 굶지 않는다고요."

"허허. 고얀 놈. 됐고 용정차나 매화차 그리고……. 아니다. 여기 있는 차를 모두 다 다시 주문하거라."

사내가 탁자에 있는 다기를 가리켰다.

"네, 알겠습니다."

수하로 보이는 사내는 고개를 숙이고 점소이에게 달려갔다.

중년 사내는 나루터로 시선을 돌렸다.

그곳에는 자신의 인생을 바꿔 줄 배가 기다리고 있었다.

중년 사내의 이름은 양악군.

강북의 대표적인 수적 집단인 강북 십이수로채의 채주 중 한 명이었다.

본래 장하에는 수적이 출몰하지 않기로 유명하다.

양악군이 활동하는 곳도 이곳 장하가 아니었다.

그가 활동하는 곳은 이곳에서 말로 하루를 꼬박 달려야 보이는 평령강이었다.

그런데 얼마 전 묘한 정보를 입수했다.

하북팽가가 청명환을 들고 지나갈 경로를 입수한 것이다.

하북팽가가 갈 곳은 총 세 곳.

그 경로 중에 근접한 강북 십이수로채의 채주 셋은 모여 회의를 했다. 그 결과 그가 맡게 된 곳이 이곳 장하였다.

강에서의 전투라면 구대문파가 와도 자신의 수공을 못 당할 것이라고 자부하는 양악군이었다.

다만 그들이 거대 문파를 건드리지 않는 이유는 딱 한 가지였다.

그것은 바로 보복.

수적이라도 해도 물 위에서만 살 수는 없는 법.

뭍으로 나오는 죽은 목숨이 될 터였다.

하지만, 이번 목표만은 달랐다.

다른 보물도 아닌 곤륜의 청명환이었다.

양악군의 눈이 수면에 비치는 물결만큼이나 번쩍였다.

수적의 두목 양악군의 눈이 마치 주판알이 튕기듯 빠르게 움직였다.

오죽하면 강물에 반사되는 빛이 모두 돈으로 보일까.

희미하게 미소 지은 양악군은 앞으로의 계획을 다시 점검했다.

청명환을 약탈한다면 그는 수로채의 수하들과 나누지 않고 그대로 강호에서 잠적할 심산이었다.

그런데 하북팽가의 표행이 지금 막 도착한 것이었다.

양악군은 창밖에 펼쳐진 푸른 물결을 바라봤다.

오늘은 일생일대의 운이 자신에게 몰리는 것만 같았다.

영단에 서열을 매긴다면?

소림의 대환단이 으뜸으로 일존의 자리를 차지한다고 말

할 수 있었다. 그다음이 화산, 무당, 곤륜의 영단이었다.

도가의 영단 중 최고로 치는 것이 곤륜의 연단술이 집약된 청명환이었다.

도가의 영단 중 가장 작은 청명환.

그만큼 자연지기를 잘 압축했기 때문이라 전해진다.

그 때문에 소림 대환단의 바로 뒤에 곤륜의 청명환을 논한다.

때로는 대환단과 비슷한 선상에 놓고 보기도 한다.

소림 대환단과 비견되는 영약이라?

그야말로 무림의 보물이 지금 눈앞에서 어슬렁거리는 셈이니 양악군은 현기증이 날 지경이었다.

창밖을 바라보던 양악군이 자리에서 일어났다.

그때 점소이가 차를 내왔다.

"여기 차 내왔습니다. 그런데 손님 어디를⋯⋯."

점소이는 당황한 모습을 보였다.

막 차를 다시 내왔는데 손님이 일어나자 잘못하면 돈도 못 받을 것 같아서였다.

자신의 잘못은 아니지만, 추궁받을 것은 뻔한 일.

지금 상황을 보니 이전에 먹은 찻값도 안 내고 튈 모양새였다.

하지만, 점소이의 예상과는 달리 양악군은 활짝 웃으며 점소이의 어깨를 두드렸다.

"수고했네."

양악군은 점소이에게 주머니에 든 은전을 꺼내 탁자에 올려놨다.

탁.

점소이가 놀라 물었다.

"손님, 죄송하지만 찻값치고는……."

"그냥 넣어 둬!"

단호한 양악군의 말투.

점소이는 못 이기는 척 은전을 품속에 챙겨 넣었다.

양악군은 뒤도 돌아보지 않고 다루를 나갔다.

그 뒤를 수하가 따라간다.

수하의 이름은 검오. 양악군의 오른팔이지만, 이 일이 끝나면 버림받을 사내였다.

검오가 고개를 갸웃했다. 평소 노랑이라 소문이 난 두목의 행동이 이상해서였다. 하지만, 오늘 챙길 보물을 생각하는 검오는 새어 나오는 웃음을 참을 수 없었다.

자신이 운이 좋다고 생각하는 검오를 뒤로한 채 양악군이 여유 있게 나루터를 향해 걸어갔다.

누가 봐도 상단의 주인 같은 모습이다.

나루터 쪽으로 가는 갈대밭으로 들어서자 양악군은 번쩍이는 비단옷을 풀어 헤쳤다.

휘릭!

갈대밭을 나오는 양악군은 세월의 풍파가 드러나는 뱃사공으로 변신했다.

잠시 후.

뱃전에 서 있던 양악군이 눈을 빛냈다.

저 멀리서 목표물이 오기 때문이었다.

작전은 간단했다.

상대는 하북팽가의 사 공자와 천리 표국의 표사 둘.

표사의 무공은 절정 수준이라 들었다.

그들이 안심하고 표행을 하는 것은 모두 하북팽가와 천리 표국의 명성 때문일 터.

그 명성을 지운다면 양악군이 이끄는 수적에게 한 입 거리도 안 되었다.

뭍에서 상대를 제압하고 청명환을 탈취한 뒤 배를 띄우면 끝이었다.

수하들도 두목 양악군의 의견에 모두 찬성했다.

수하 중 하나가 멀리서 오는 마차를 보고는 입맛을 다셨다.

"그놈들 참 먹음직스럽네."

"쉿, 다들 긴장의 끈을 놓지 말아라."

양악군의 오른팔 검오가 수하들에게 경고했다.

양악군은 자신도 모르게 미소를 지었다. 자신이 신경 안

써도 이렇게 수하를 단속하는 검오의 행동이 만족스러웠기 때문이다.

하지만, 검오와의 관계는 오늘 끝이었다.

청명환을 탈취하고 나서는 장하의 한가운데에서 사라질 양악군이었다.

이제 지금 잡고 있는 노를 들어 올리면 나루터의 일꾼도 뱃전에서 얼쩡거리는 선원도 모두가 목표를 향해 달려들 것이었다.

막 노를 들어 올리려던 양악군이 멈칫했다.

앞서 말을 타고 오는 이의 모습이 어딘가 눈에 익었기 때문이다.

과연 누굴까?

조금 더 가까이 오자 그의 외모가 정확히 눈에 들어왔다.

산동악가의 악비광?

그가 왜 여기에?

의문도 잠시 양악군은 재빨리 노를 내려놓고 선상의 깃발을 올렸다.

평(平).

뱃사람에게 '평'자는 무난함과 평탄함을 나타내는 글자였다.

뱃길의 안전을 기원하는 글귀 같지만, 모든 행동을 중지하고 뱃사람처럼 행동하라는 신호였다.

산동악가의 악비광까지 있다면 배 위에서 처리하는 것이 맞았다.

그때였다.

검오가 급히 달려왔다.

다급한 그의 표정에 양악군이 물었다.

"검오야, 왜 그러느냐?"

"큰일 났습니다. 악비광과 무씨세가의 장녀까지 오고 있습니다."

"흠."

양악군이 침음을 삼키며 악비광의 옆에서 걸어오는 여인을 바라봤다.

악비광에 무소율이라?

뭍에서 작업하지 않기로 한 것이 다행이라 생각했다. 그때 검오가 다시 말을 이었다.

"문제는 그것이 아닙니다. 지금 악비광과 무소율도 산서삼살에게 사로잡혀 있는 상태라고 합니다."

"산서삼살?"

양악군은 고개를 갸웃하며 악비광과 무소율의 뒤쪽을 바라봤다.

그들이 걸어오고 있는 갈대밭 뒤로 커다란 덩치가 나타났다.

"허, 저건 편육랑아 아닌가?"

"네, 그 뒤로 빙혈서생과 흑의살풍도 같이 오고 있습니다. 우리 애들이 수집한 정보에 의하면 산서삼살이 하북팽가의 표행에 동원된 이들을 제압하고 모두에게 산공독을 먹인 상태라고 합니다."

"청명환만 빼 간 게 아니라 짐을 달고 다닌다고?"

"몸값까지 생각하고 벌인 일 같습니다."

"하하. 좋구나, 좋아!"

"왜 그러십니까? 산서삼살이면 어떤 비열한 수법을 쓸지 모르지 않습니까?"

"물 위에서 우리를 당해 낼 자가 있더냐? 아무리 산서삼살 이라고 해도 놈들은 우리의 한 입 거리도 안 된다. 중요한 것은 청명환을 약탈했다는 악명을 뒤집어쓰는 것이 산서삼살 이라는 점이지."

"아, 그럴 수도 있겠군요."

"그럴 수가 있는 게 아니라, 이제는 정파 모두의 적이 될 일만 남은 것이지. 산서삼살 중 하나는 꼭 살려 둬야 한다."

"왜 살려 둡니까? 깨끗하게 죽이는 것이 좋지 않겠습니까?"

"그래야 녀석이 우리 대신 쫓길 것이 아니더냐?"

"아, 그런 뜻이 있었군요. 그래도 녀석들의 악명을 본다면 조심하셔야 합니다."

"그건 네 말이 맞다. 너는 가서 다섯 번째 계책으로 표물을 빼앗을 것이라고 전달해라."

"네, 알겠습니다. 철저히 준비시키겠습니다."

잠시 후.

한빈을 태운 마차가 대형 상선 앞에 도착했다.

가장 앞에 선 자는 산서삼살 중 덩치를 담당하는 편육랑아였다.

그가 낭아봉을 들며 외쳤다.

"뭐 하는 것이냐? 다들 표물과 포로를 배에 실어라!"

그 외침에 뱃사람들이 한빈 일행에게 다가왔다.

마차와 말을 분리해서 따로 배에 싣고 한빈과 설화 일행은 산서삼살에게 둘러싸여 배에 올랐다.

누가 봐도 한빈이 사로잡혀 있는 모습이 맞았다.

배에 오르던 중 한빈은 멀리 있는 뱃사공을 바라봤다.

그를 본 한빈이 의미심장한 미소를 지었다.

누구에게도 보이지 않았지만, 그 미소는 어느 때보다 짙었다.

이유는 한 가지였다.

뱃사공에게서 어느 때보다 짙은 구결이 보였기 때문이었다.

누가 봐도 저것은 인급 구결을 나타내는 점이었다.

물론 그는 뱃사공이 아니라 양악군이었다.

양악군은 자신을 보자 급하게 고개를 숙이는 한빈을 보고는 조소했다.

하북팽가의 사 공자라?

그에 대한 소문은 요즘 들어 중구난방이었다.

하북 최고의 겁쟁이가 하북 최고의 망나니가 되었다는 소문도 있었고 주화입마에 걸렸다는 소문도 있었다.

하지만, 하북 최고의 겁쟁이 그대로라는 것이 양악군의 결론이었다.

한빈이 양악군의 시선을 피한 것은 표정을 숨기기 위함이었다.

그때 편육랑아가 큰 소리로 외쳤다.

"빨리빨리 걷지 못할까! 빨리 구석으로 가서 찌그러져 있거라."

편육랑아가 한빈을 거칠게 밀었다.

퍽!

한빈이 힘없이 배 구석으로 나가떨어졌다.

중간의 좋은 자리는 산서삼살이 차지하고 한빈 일행은 배 구석으로 몰리자 뱃전에 있던 양악군이 미소 지었다.

수하가 보고한 것이 사실이었다.

정파의 놈들은 산공독에 중독되어 힘을 못 쓰니 산서삼살만 제압하면 되는 것이다.

그때 편육랑아가 양악군 쪽을 바라봤다.

시선이 마주치자 양악군은 재빨리 고개를 돌렸다.

그 모습에 편육랑아가 씩 웃으며 속삭였다.

"형님들, 우리의 이름이 장하의 뱃길까지 퍼졌나 봅니다."

빙혈서생이 조용히 편육랑아를 바라봤다.

"셋째야, 목소리를 낮추거라."

"그게 맞지 않습니까? 형님."

"그래, 그게 맞다 한들 뭐가 바뀌겠느냐? 그리고 아까 네가 한 행동 말이다."

"제가 뭘 잘못했습니까?"

"사 공자를 밀칠 때 감정이 섞인 것 같더구나."

"그야 사 공자가 시켰으니……."

그것을 사실이었다. 만약 다른 이들을 만나게 되면 철저히 포로로 대하라는 것이 한빈의 지시였다.

하지만, 뭔가 꺼림칙한 편육랑아는 말끝을 흐렸다.

"지금 사 공자의 눈빛을 봐라, 가만있을 것 같냐?"

빙혈서생이 슬쩍 한빈을 가리키자 편육랑아도 고개를 돌렸다.

"헉."

편육랑아가 눈을 크게 떴다.

한빈의 눈빛은 마치 먹잇감을 발견한 늑대와도 같았다.

편육랑아는 재빨리 시선을 돌려 하늘을 올려다봤다.

오늘따라 하늘이 맑은 것이, 하늘이 지금 자신이 처한 상황을 몰라주는 것만 같았다.

편육랑아의 꿈은 저 악랄한 놈의 마수에서 벗어나는 것뿐이었다.

물론 그가 말한 놈이란 한빈이었다.

그때 설화가 한빈의 옆구리를 콕 찌르며 속삭였다.

"왜 그러세요?"

"재미있어서 그러지."

"뭐가 그렇게 재미있어요? 산서삼살의 연극이 재미있다는 말씀인가요?"

"놈들보다 더 연기를 잘하는 놈들이 이 배에 쌔고 쌘 것 같아서."

"흠, 저도 느끼긴 느꼈는데……."

설화가 말끝을 흐리며 주변을 바라봤다.

그곳에는 실제로 수상하게 보이는 몇몇 상인들이 있었다.

설화는 그들이 이 배를 노리고 온 도적일지도 모른다며 경계하는 도중이었다.

설화가 나지막이 말을 이었다.

"몇몇은 정말 수상하게 보여요, 공자님."

"몇몇이라고?"

"왜 그렇게 놀라세요? 혹시 눈치 못 채신 거예요?"

"흠, 몇몇이 아니라 모두라고 해야 맞지."

"네?"

"일단 목소리 낮추고 그냥 모른 척 경치나 구경하자고."

한빈이 피식 웃으며 고개를 돌려 강가를 바라봤다.

끝없이 흘러가는 장하의 물결은 마치 세월과도 같았다.

그 세월을 거슬러 온 자신.

자신을 과거로 돌려보낸 용린의 의도는 과연 무엇일까?

한빈은 조금의 고민도 없이 씩 미소를 지었다.

그것은 이번 생은 맘 내키는 대로 살아 보라는 하늘의 계시 같았기 때문이었다.

그때 밖에서 소란이 일어났다.

"왜 우리 마차는 못 싣는 거죠?"

무소율이 목소리를 높이자 뱃사람이 고개를 숙였다.

"죄송합니다. 저희 배에는 마차 한 대밖에는 싣지 못합니다. 보시다시피 여기서 더 싣는다면 배가 버텨 내지를 못합니다. 그리고 저 마차는……."

뱃사람이 검지로 무소율이 가져온 두 대의 마차를 가리켰다.

한빈이 표행에서 사용하는 마차보다 서너 배는 컸다.

그도 그럴 것이 마차 한 대에는 식량이 가득 차 있었으며 나머지 한 대는 무소율의 처소를 그대로 옮겨 놨다고 할 정도로 꾸며 놓았다.

실랑이를 벌이던 무소율은 자신의 마차와 배를 번갈아 바라봤다.

자신이 생각해도 자신의 마차를 싣기에는 무리였다.

고민을 마친 무소율이 마부를 바라보며 신호를 보냈다.

지시를 받은 마부가 무소율의 앞으로 뛰어왔다.

"말씀하십시오."

"제가 다시 올 때까지 여기에서 대기하세요."

"그럼 마차는 시녀에게 맡기고 저희가 같이 배에 오르겠습니다. 다른 건 포기해도 아가씨의 안전만큼은 저희가 책임져야 합니다."

깊이 포권하는 마부.

마부의 절도 있는 동작에서 무인의 기품이 흘러나왔다.

지금 무소율의 앞에 서 있는 마부는 무씨검가 내에서도 고수로 인정받는 무사였다.

이번 여정을 위해 무씨검가의 가주가 직접 붙여 준 호위 무사가 그의 정체였다.

하지만, 무소율이 코웃음을 흘렸다.

"누가 누굴 걱정하는 거죠? 저는 저보다 강한 사람한테만 호위를 받아요. 아시잖아요. 제게 호위가 필요 없다는 걸요."

무소율의 말이 사실이었기에 무사는 고개를 끄덕였다.

무력으로만 따지면 무씨검가를 이어받는 것은 무소율이라 세가에서는 평가했다.

고개를 끄덕이던 무사는 뭔가 생각난 듯 다급히 입을 열었다.

"아가씨, 저희가 걱정하는 것은 적과 마주쳤을 때가 아닙니다."

"그럼 뭐가 그리 걱정인 거죠?"

"아가씨가 길을 잃었을 때입니다."

"아!"

무소율의 눈빛이 살짝 흔들렸다.

무소율에게는 한 가지 약점이 있었다. 그것은 길치라는 점이었다.

그런 이유로 호위는 필요 없지만, 길잡이는 필요했다. 문제는 아버지가 보내 준 호위는 그녀에게 귀찮은 감시자에 불과하다는 점이었다.

무소율은 이번 기회에 호위 겸 감시자인 무사들을 떼어 내고 싶었다.

무소율은 손가락으로 배 위를 가리켰다.

"저기 계신 분들을 못 믿으세요?"

무사가 고개를 들어 배 위를 바라봤다. 그곳에는 먼저 배에 오른 악비광과 한빈 그리고 천리 표국의 표사들이 있었다.

물론 산서삼살이 마음에 걸리지만, 이미 한빈에게 제압당한 터.

무사가 할 수 없다는 듯 말했다.

"알겠습니다. 아가씨가 돌아올 때까지 저희는 근처에서 머물도록 하겠습니다."

"네, 그럼 수고하시고요."

말을 마친 무소율은 힘껏 배 위로 뛰어올랐다.

동시에 주변에 자갈이 튀어 올랐다.

타타탁.

무사는 무소율의 뒷모습을 걱정스러운 눈빛으로 바라봤다.

그때 동료 무사가 그의 옆에 다가왔다.

"아가씨도 성질 좀 죽이면 좋을 텐데."

"그 성질이 어디 가겠는가? 그래도 우리한테는 소중한 분이 아닌가? 돌아올 때까지 여기서 기다리자구."

"뭐 그래야지."

그들의 대화를 뒤로한 채 배는 나루터에서 점점 멀어져 갔다.

❦

배가 장하의 물줄기를 가로질러 가운데 정도에 왔을 때였다.

누군가가 다급하게 소리쳤다.

상인 복장을 한 여인의 목소리였다.

"여기 의원 있습니까? 우리 남편이 위급해요!"

그 외침에 사람들이 모여들기 시작했다.

바닥에는 여인의 남편이 쓰러져 있었다.

누가 봐도 다급한 상황.

산서삼살과 악비광까지 여인과 쓰러진 남편의 주변으로 다가갔다.

그중 빙혈서생 소경운이 미간을 좁히며 그들에게 가까이 갔다.

빙혈서생이 여인에게 물었다.

"대체 무슨 일이오?"

"제 남편이 갑자기 쓰러져서……."

여인은 부르르 떨며 말을 잇지 못했다.

그러더니 그 자리에 푹 쓰러졌다.

눈을 까뒤집고 몸을 덜덜 떠는 여인.

빙혈서생은 그들에게서 다급히 물러났다.

그때였다.

누군가가 외쳤다.

"독이다!"

그 말에 모였던 사람들이 하얗게 질린 얼굴로 주변을 두리번거렸다.

그때 배의 호위를 맡은 무사가 달려와 박도를 뽑아 들며 외쳤다.

"모두 제자리에 있으시오!"

황당한 상황에 산서삼살이 서로를 바라보고 있을 때, 배 가장자리에 기대어 있던 한빈이 옷자락을 툭툭 털며 일어났다.

한 발짝 앞으로 나간 한빈이 외쳤다.

"내가 의원이오! 다들 비키시오."

옆에 있던 설화가 눈을 크게 뜨며 한빈의 소매를 잡아끌었다.

"공자님, 지금 뭐 하시는 거예요?"

이건 진심이었다.

지금은 강 가운데.

평지에서와는 달랐다. 싸우는 데 변수가 많다는 것이다.

숨을 곳도 없었고, 어떤 계책도 먹히기 어려운 곳이 배 위였다.

살수에게는 가장 궁합이 안 맞는 곳이라 할 수 있었다.

설화가 보는 한빈은 영락없는 살수였다.

그런 이유로 지금 자제하라 권하고 있는 것이었다.

게다가 지금 저기로 갔다가는 범인으로 몰릴 수도 있는 일이었다.

한빈의 외침에 모두의 시선이 모였다. 한빈은 그 시선이 재미있다는 듯 싱긋 입꼬리를 올리며 쓰러진 부부에게 다가갔다.

터벅터벅.

모두는 침만 삼켰다.

설화도 눈도 깜빡이지 않고 그 모습을 바라봤다.

그녀에게 한빈이 걸어가는 몇 장의 거리는 마치 몇십 리처럼 느껴졌다.

그만큼 긴장하고 있다는 것이다.

다가간 한빈이 코를 실룩였다.

그것도 잠시 한빈은 부부를 살피기 시작했다.

그 모습에 배를 호위하는 무사가 물었다.

"당신, 진짜 의원 맞소?"

호위 무사가 눈을 가늘게 떴다. 그도 그럴 것이 호위 무사의 정체는 검오였다.

뻔히 하북팽가의 사 공자라는 것을 알고 있는데 뻔뻔하게 거짓말을 하는 모습이 기가 찼던 것이다.

하지만, 섣불리 나설 수도 없는 것이 한빈의 의도를 몰랐기 때문이었다.

물론 옆에서 지켜보던 산서삼살도 황당하다는 듯 서로 눈빛을 교환했다.

한빈은 다급한 표정으로 고개를 숙였다.

한빈은 검오의 물음에 답하지 않고 부부의 완맥을 잡았다.

그것도 잠시, 심각한 표정으로 사내의 여기저기를 살폈다.

산서삼살 중 빙혈서생은 한빈의 모습에 눈매를 좁혔다.

한빈이 과연 무엇을 할 수 있을까?

빙혈서생이 낸 답은 '아무것도 할 수 없다'였다.

부부의 상태는 실로 심각했다.

둘 다 입에는 게거품을 물고 눈을 까뒤집고 있었다.

입에 문 거품은 얼마나 심한지 바닥에 흘러내리기까지 했다.

빙혈서생은 그 모습에 미간을 찌푸리며 한 발 물러났다.

하지만, 한빈은 주변의 시선에는 아랑곳하지 않고 그들의 구석구석을 살폈다.

남자를 살피고 난 한빈은 조심스럽게 여자를 살폈다.

얼마나 지났을까.

한빈은 모든 진찰을 끝내고서야 검오의 물음에 답했다.

"의원이 맞소. 이제 진찰이 끝났소."

한빈의 대답에 검오는 멀리 떨어진 양악군을 바라봤다.

양악군이 전음을 보냈다.

-아무래도 산서삼살에게서 도망치기 위해 수를 쓰는 것 같구나. 일단 놀아 주다가 계획대로 처리하거라.

그 전음에 검오가 한빈에게 물었다.

"독이 맞소이까?"

"독은 아니지만, 병세가 심각합니다."

"독이 아니라면 무슨 병이오?"

"병의 이름은 몰라도 치료법은 말씀드릴 수 있을 것 같습니다."

장난 같은 한빈의 말에 검오가 미간을 좁혔다.

하지만, 양악군의 지시가 있었기에 계속 장단에 맞춰 주기로 했다.

"치료법이 대체 무엇이오?"

"……."

한빈은 말없이 일어나 옷자락을 털었다. 그러고는 고개를 돌리더니 멀리 떨어진 설화를 보며 말했다.

"설화야, 빨랫감 남는 것 좀 가져와라."

"공자님, 빨랫감은 왜요?"

설화가 주변을 경계하며 둘둘 말린 천을 들고 달려왔다.

설화가 지척에 오자 한빈이 씩 웃으며 말을 이었다.

"여기 창포물이 넘친다."

"창포요?"

"누가 이 부부의 입에 창포를 풀어놨더구나."

한빈의 말에 설화는 허리를 매만졌다.

언제라도 연검을 뽑기 위해서였다.

설화도 저 수법을 알고 있었다.

저것은 미끼가 필요할 때 쓰는 수법이었다.

저 부부는 지금 미끼가 분명했다.

그때 한빈이 말을 이었다.

"창포로 환약을 만들어서 씹으면 입에 거품이 넘치기 마련이지. 아마 양치를 몇 달 안 해도 될 거야. 누가 이런 짓을 시켰을까?"

한빈이 씩 웃으며 돌아보자 저 멀리서 뱃사공이 천천히 걸어왔다.

이제까지 보여 주지 않았던 기세를 뿜어내는 양악군.

그가 걸어오자 배에 탄 이들 모두가 좌우로 갈라섰다.

그는 한빈과 다섯 걸음을 남기고 멈춰 섰다.

하지만, 그가 보고 있는 것은 한빈이 아닌 흑의살풍이었다.

그의 시선은 흑의살풍의 오른손으로 향했다.

흑의살풍의 오른손에는 작은 보따리가 들려 있었다.

양악군은 저기에 청명환이 든 한철 궤가 들어 있다는 것을 한눈에 알아보았다.

그의 시선을 눈치챈 한빈이 말했다.

"청명환을 노리는 놈들이 참 많구나!"

"난 네놈과 할 말은 없다."

양악군이 시선을 흑의살풍에게 돌렸다.

그때였다.

거품을 물고 쓰러졌던 부부가 벌떡 일어나 품속에서 뭔가를 꺼냈다.

그것은 쇠로 만든 통이었다.

부부가 통을 산서삼살에게 겨누는 동시에 통의 모서리를 눌렀다.

픽!

바람 빠지는 소리가 들리자 흑의살풍이 외쳤다.

"암기다!"

순간 산서삼살이 동시에 엎드렸다.

분명 저것은 이화신기라 불리는 암기였다.

저들이 가지고 있는 통에 암기를 넣어 놓고 모서리를 누르면 그것이 발사되는 원리였다.

이화신기에 넣는 암기는 어떤 형태든 관계없었다.

안에 들어갈 수 있는 암기라면 무엇이든 발사가 가능했다.

그 속도가 제법 빨라 절정의 무인도 암기를 피하기 어려웠다.

주로 암살에 쓰이기에 강호에서는 금기시되는 물건이었다.

그것도 잠시, 가장 먼저 엎드린 흑의살풍이 고개를 갸웃했다.

암기에 적중했다는 어떤 느낌도 받지 못했기 때문이었다.

힐끔 고개를 들어 보니 두 부부가 이화신기를 잡고 입을 벌리고 있었다.

흑의살풍이 이게 어떻게 된 일인지 아무리 생각해도 알 수 없었다.

이화신기를 작동했다면 자신이 아니라도 다른 이의 비명이 들려야 할 터였다.

하지만, 그것을 발사한 부부만이 넋이 나간 듯 이화신기를 바라보는 것이 아닌가?

혹시 불발?

그때 한빈이 내공을 담아 외쳤다.

"혹시 이걸 찾나?"

모두의 시선이 한빈에게 모였다.

아니 정확히는 한빈의 손끝에 모였다. 한빈의 손에는 수십 개의 은침이 햇빛에 반짝이고 있었다.

흑의살풍은 눈을 크게 떴다.

말도 안 되는 상황이었다. 이화신기에서 암기를 빼내다니?

그것도 이화신기를 가지고 있는 자들조차 모르게 했다는 것은 이해할 수 없는 일이었다.

그러고 보니…….

흑의살풍은 눈가를 파르르 떨었다.

지금 원수에게서 목숨을 구원받은 것이었다. 물론 원수는 한빈이었다.

흑의살풍의 감정이 요동치고 있을 때, 부부 중 사내가 말했다.

"어느 틈에?"

"침은 의원에게 필요한 거지, 환자에게 필요한 건 아니지."

한빈이 활짝 웃으며 손에 든 은침을 흔들었다.

"네놈이……."

사내는 말을 잇지 못했다.

내공이 실린 발소리가 들렸기 때문이다.

터벅터벅.

발소리의 주인공은 양악군이었다.

그가 다가오자 사내와 여인은 재빨리 고개를 숙였다.

"두목."

"면목 없습니다."

둘의 변명에 양악군은 아무것도 아니라는 듯 손을 저었다.

양악군은 더는 오지 않았다.

아직도 엎드려 있는 산서삼살을 보며 비릿한 웃음을 짓던 양악군이 그 자리에서 발을 굴렀다.

내공을 담은 그의 진각에 배가 출렁했다.

양악군의 공격이 시작된 것일까?

물론 그것은 아니었다.

양악군은 발을 구른 뒤 재빨리 뒤쪽으로 물러났다.

동시에 돛 위에서 뭔가가 떨어졌다.

촤—악!

그것은 그물이었다.

그물이 일부 뱃사람과 부부, 그리고 그곳에 모여 있던 산서삼살의 머리 위로 떨어졌다.

양악군은 씩 웃으며 산서삼살을 향해서 외쳤다.

"나는 내 배가 피로 덮이는 걸 좋아하지 않는다! 이런 일이 있을 때마다 갑판을 닦는 데 몇 날 며칠을 소모하곤 하지. 물론 내가 하는 일은 아니지만 내 부하들이 고생할 것을 생각하니 눈물이 앞을 가린다네."

명백한 협박.

산서삼살 중 흑의살풍은 어이가 없었다.

한빈에게 당한 것까지는 좋았다.

그에게 이렇게 끌려다니는 것도 억울한데, 수적 놈한테까지 수모를 당하리라고는 생각하지 못했다.

흑의살풍은 자신의 손에 든 보따리를 바라봤다.

여기에는 청명환이 들어 있는 한철 궤가 있었다.

차디찬 촉감으로 봐서는 진짜 한철 궤가 맞았다.

흑의살풍은 이것을 들고 튀고 싶었지만, 그러지 못했다.

검도 경공도 한빈보다 아래라는 것을 알고 있기 때문이었다.

하지만, 수적에게 이 보따리를 빼앗기긴 싫었다.

흑의살풍의 감정이 다시 한번 요동치는 순간 뒤쪽에서 웃음소리가 들려왔다.

"하하. 참 재미있네. 재미있어."

그물 안에 갇힌 흑의살풍이 힐끔 목소리가 들리는 곳을 바라봤다.

그곳에는 한빈이 웃고 있었다.

흑의살풍은 그제야 고개를 갸웃했다.

자신의 앞에서 적과 대화를 나누던 한빈이었는데 그물이 덮치는 순간 빠져나갔다는 것이 믿기지 않았던 것이다.

물론 한빈은 씩 웃은 채 계획을 짜며 구결을 바라봤다.

'전광석화'.

동시에 용린검법의 초식 중 '백발백중'을 새로 떠올렸다.

절호곡에서 완성한 초식으로 그간 쓸 일은 없었지만, 꾸준히 몸에 익힌 구결이었다.

준비를 마친 한빈이 양악군에게 외쳤다.

"다 한 번에 드루와!"

위풍당당한 한빈의 태도에 양악군은 기가 찼다.

상대는 산공독에 당해 손기술만 쓸 수 있는 피라미.

모두가 덤비는 것도 모양새가 빠지는 일이었다.

그때 한빈이 외쳤다.

"꼭 싸움 못 하는 새끼들이 목에 핏대를 세우더라고!"

한빈이 양악군을 가리켰다.

순간 양악군의 눈썹이 꿈틀댔다.

아무래도 한철 궤를 빼앗기 전에 한빈만큼은 자근자근 밟아 줘야 직성이 풀릴 것 같았다.

양악군이 외쳤다.

"저놈을 잡아 내 앞에 대령하라!"

그의 외침에 수십 명의 사람이 동시에 칼을 뽑아 들었다.

그들은 동시에 한빈에게 달려들었다.

한빈은 그때를 놓치지 않고 백발백중의 효용을 운용했다.

백발백중은 자신보다 경지가 낮은 자에게 통하는 수법.

한빈의 손에 들려 있던 은침이 그들에게 쏘아졌다.

사실 이런 식으로 사용하는 것은 꼼수였다.

백발백중의 필요 공력은 일 년.

그런데 한 번에 여러 개를 던졌을 때도 단 일 년의 공력만을 필요로 한다는 것은 얼마 전 나무토막을 세워 놓고 시험하며 깨달았다.

물론 움직이는 사물을 향해 사용하는 것은 이번이 처음이었다.

쏴—악!

은침이 무서운 속도로 몰려오는 적을 향해 날아갔다.

픽! 픽!

달려오는 적들이 동시에 앞으로 꼬꾸라졌다.

은침의 개수만큼 쓰러진 적을 보자 양악군이 겨우 은침을 피한 검오를 바라봤다.

검오가 무공이 뛰어나서 피할 수 있었던 것은 아니었다.

단지, 은침의 개수가 모자라서 피할 수 있었던 것이다.

양악군이 검오에게 물었다.

"어떻게 된 것이냐? 산서삼살의 산공독에 당해 끌려다니는 놈이 어찌 저렇게 팔팔하단 말이냐?"

"……."

검오는 아무 대답도 할 수 없었다.

자신도 수하에게 보고받았을 뿐이었다.

그때 양악군이 한빈을 향해서 외쳤다.

"혹시 사천당가에서 온 고인이시오?"

"왜 그렇게 생각하는데?"

"이런 암기술이 존재하는 가문은 사천당가밖에 없다고 생각되오. 게다가 아까 이화신기에서 침을 몰래 꺼내는 솜씨도 그렇고. 당신은 사천당가의 사람이 맞지 않소?"

양악군이 물었다.

양악군의 물음에 한빈이 씩 웃으며 말했다.

"사천당가라?"

한빈의 반문에 양악군이 고개를 갸웃했다.

그 모습에 한빈이 코웃음을 흘리며 말을 이었다.

"풋. 역시 도둑놈은 뭐가 달라도 다르군. 이젠 물건을 훔치는 게 아니라 남의 성씨까지 훔친 건가?"

"그럼 사천당가의 고수가 아니란 말이냐?"

당황했는지 양악군의 말투가 다시 바뀌었다.

"뭐, 남의 성씨를 바꾸는 건 나를 꺾고 나서 맘대로 해라."

한빈은 씩 웃으며 월아를 검집째 들어 올렸다.

한빈의 눈빛은 먹이를 발견한 호랑이의 모습이었다.

물론 이것은 사실이었다.

양악군의 몸에는 구결을 나타내는 점이 일렁이고 있었으

니까.

게다가 점은 한 개가 아니었다.

한빈의 기세에 양악군이 뒤로 주춤주춤 물러났다.

계속 쌓이는 의문에 양악군은 미간을 좁혔다. 한빈이 월아를 잡은 모습은 누가 봐도 검객이었다.

그렇다면 사천당가도 아니라는 말이었다.

'과연 저놈의 정체는 무엇일까? 혹시⋯⋯.'

양악군의 결론은 한빈이 정파가 아닌 사파의 고수라는 데 이르렀다.

주변을 힐끔 보니 악비광과 무소율이 자신에게 다가오고 있었다.

악비광과 무소율이라?

저들이 산공독에 당한 것이 아니라면?

아니, 산공독에 당한 것이 아니라 이건 함정이 확실했다.

모두가 덤빈다면?

양악군은 미간을 좁혔다. 결과가 너무 뻔했기 때문이다.

상대가 만만치 않음을 깨달은 양악군은 비상시를 대비해 짜 놓은 작전으로 넘어가기로 했다.

이곳이 물 위라는 장점을 철저히 살리는 싸움을 하기로 결심한 것이다.

"일단 대화로 해결하지."

"대화는 무슨 대화?"

"무슨 대화냐 하면……."

양악군이 말끝을 흐리며 어딘가를 힐끔 바라봤다.

그쪽에는 그의 오른팔 검오가 있었다.

양악군이 검오에게 외쳤다.

"지금이다!"

그의 지시에 검오가 뱃머리를 내리쳤다.

팡!

뭔가 부러지는 소리가 들리더니 배가 중심을 잃고 흔들리기 시작했다.

휘청.

한빈은 주변을 둘러봤다.

다른 곳에서 공격이 들어온 것이 아니라 배만 흔들리고 있었다.

강물의 출렁임에 몇 배로 반응하고 있는 것이었다.

아무래도 이 배에는 특별한 장치가 설치되어 있는 것 같았다.

양악군에게 다가서던 악비광과 무소율이 재빨리 물러나 배의 난간을 잡았다.

설화도 당황한 표정으로 물러났다.

멀쩡한 것은 한빈과 양악군 그리고 이런 상황에 익숙한 수적의 잔당밖에 없었다.

한빈은 다시 양악군에게 시선을 돌렸다.

시선이 마주친 양악군이 슬며시 입꼬리를 올렸다.

이렇게 흔들리는 배 위에서의 싸움이라면?

무조건 수공을 익힌 수적(水賊)이 유리했다.

여기서 수공이란 물속에서의 싸움만을 뜻하지 않는다.

수공은 물 위에서의 싸움도 포함된다.

이렇게 흔들리는 배 위에서의 싸움이라면 어떤 고수라 해도 자신의 실력을 발휘하지 못한다.

생사결에서라면 그 깻잎 한 장 차이가 삶과 죽음을 가르기도 한다.

급격히 배가 흔들리자 양악군의 미소는 더욱 짙어졌다.

스릉!

양악군이 검을 뽑아 들었다.

보통 검보다 한 뼘 정도는 더 짧은 검신이 눈에 띄었다.

흔들리는 배 위에서 전투를 벌이기에 특화된 검이었다.

그 검을 본 한빈이 씩 웃었다.

전생에 수중전까지 해 본 한빈이었다.

이깟 흔들림 정도는 한빈에게 애교였다. 그렇다고 손쉽게 그를 제압하기는 어렵겠지만…….

중요한 것은 질 자신이 없다는 것이었다.

한빈은 재빨리 용린검법의 구결을 사용했다.

'일촉즉발.'

발아래에서 용린의 기운이 뿜어져 나왔다.

동시에 한빈의 몸이 쏜살처럼 목표를 향해 날아갔다.

휙!

월아의 끝에서 일렁이는 푸른 검기.

한빈의 검의 양악군을 뚫으려 할 때였다.

양악군의 검이 푸른 검기를 뿜어냈다.

그 농도로 봐서는 초절정 초급 이상이었다.

양악군의 검이 움직였다.

그 움직임에 한빈이 눈매를 좁혔다.

양악군의 검이 향한 곳은 한빈이 아니라 자신의 밑이었다.

서걱!

순간 갑판이 두부 썰리듯 갈라지고 그 아래로 양악군이 사라졌다.

휙!

한빈의 검이 그 위를 뚫고 지나갔다.

목표를 잃은 한빈의 몸이 중심을 잃고 배 밖으로 빠져나갔다.

한빈의 밑에는 푸른 물결이 일렁이고 있었다.

잘못하면 그대로 물속에 처박힐 상황.

떨어지는 도중 한빈은 몸을 틀어 월아로 배의 옆면을 찍었다.

푹!

잠시 대롱대롱 매달려 있던 것도 잠시, 한빈이 튕기듯 위쪽으로 올라왔다.

쿵!

한빈이 갑판에 착지했을 때였다.

슝!

날카로운 파공음이 한빈의 귓전을 울렸다.

한빈이 재빨리 상체를 뒤로 꺾으며 피했다.

하체로 무게중심을 옮겨 바닥에 발을 고정시키는 철판교
의 수법이었다.

아슬아슬하게 양악군의 검이 한빈의 위로 지나갔다.

한빈은 양악군의 수법을 보며 혀를 찼다.

수적이라면 자신의 배를 소중히 여기는 법이었다.

그런데 양악군은 오늘이 수적질의 마지막 날이라도 되는
듯 아무렇지도 않게 자신의 배에 흠집을 내고 있었다.

한빈은 어이없는 그의 행동에 실소를 머금었다.

그때 양악군의 검이 다시 날아들었다.

슝!

다시 피한 한빈이 눈매를 좁혔다.

상대는 흑의살풍과 같은 경지였기에 본래라면 벌써 승부
를 냈어야 한다.

하지만, 흔들리는 배라는 특수성 때문에 시간이 걸릴 것
같았다.

한빈은 이 승부를 최대한 빨리 끝내기로 결심했다.

이제는 사냥감을 쫓아가는 사냥꾼이 아닌, 물고기가 미끼를 물기를 기다리는 낚시꾼이 되기로 했다.

그리고 한빈이 잡을 물고기는 양악군이 아니었다.

한빈은 구결만 취하면 되었다.

한빈은 다시 철판교의 수법으로 하체를 갑판 위에 고정했다.

그리고 양악군에게 검을 휘둘렀다.

챙!

양악군이 검을 받아치더니 뒤쪽으로 물러났다.

이 배 위는 양악군에게 제집 안방과도 같았다.

그도 그럴 것이 그는 갑판에 난 흠집 하나까지 모두 기억하고 있었다.

그것이 양악군이 이 배 위에서 자유자재로 움직일 수 있는 비법이었다.

배가 돌아도.

배가 흔들려도.

양악군의 움직임은 변함없었다.

그의 표홀한 움직임은 한빈이 맨땅에서 구걸십팔보를 펼쳤을 때와 비슷했다.

그렇다고 한빈이 그 움직임에 맞출 필요는 없었다.

한빈에게서 떨어진 양악군은 재빨리 방향을 바꿔 한빈의 등을 향해 검을 찔렀다.

슝!

한빈이 아무렇지 않게 월아로 막았다.

챙!

한빈이 여유 있게 막자 양악군의 눈썹이 꿈틀했다.

그가 보기에 한빈은 수공을 익힌 자가 분명했다.

그렇지 않다면 이렇게 여유 있게 자신의 공격을 막을 리가 없었다.

수공이라?

양악군의 가슴속에 괜한 오기가 생겼다.

흔들리는 갑판 위에서 자신보다 편하게 서 있을 자는 없었으며, 자신보다 검을 빨리 휘두를 자도 없었다.

그런데 저런 애송이한테 밀리다니!

양악군이 다시 한빈의 앞에 나타났다.

슝!

한빈이 여유 있게 양악군의 검을 막았다.

챙! 챙!

마주 본 한빈과 양악군의 검은 풍악이 울려 퍼지듯 선상에서 소리를 냈다.

속도로만 승부를 보려는 것처럼 둘의 검은 점점 빨라졌다.

챙! 챙!

배의 난간을 잡고 그들의 대결을 보고 있던 악비광은 눈을 크게 떴다.

사실 아까부터 나서려 했지만, 몸이 말을 듣지 않았다.

지금은 배가 기우뚱거리는 것이 아니라 아예 팽이처럼 돌고 있었다.

마치 소용돌이 속으로 빨려 드는 것 같았다.

배에 설치된 기관 장치는 배의 중심뿐 아니라 돛까지 기울여 놨기 때문이었다.

바람을 받은 돛은 배를 앞으로 나아가게 하는 게 아니라 제자리에서 돌게 만들었다.

옆을 힐끔 보니 설화와 무소율도 마찬가지였다.

무소율은 아예 정신을 잃은 상태였다.

이것은 정상이었다.

무인 중 배 위에서 싸워 본 자가 얼마나 있을까?

해전에 특화된 병사가 아니고서는 배 위에서의 싸움은 누구에게나 힘들었다.

지금처럼 이런 상황에서는 몸조차 가누기 힘든 것이 정상이었고 말이다.

모두가 이런 상황인데 한빈의 움직임은 놀라웠다.

팽이처럼 빙글빙글 도는 배에서 자신은 서 있기도 힘든데 저렇게 빠른 속도로 검을 주고받다니?

한빈과 양악군의 모습은 악비광에게 놀라움 그 자체였다.

놀람도 잠시, 악비광은 깊이 숨을 들이켰다가 내뱉었다.

"후."

중심을 못 잡는 것을 벗어나 속이 울렁거렸다.

악비광 같은 고수도 뱃멀미에는 속수무책이었던 것이다.

가장 편하게 이 싸움을 바라보고 있는 것은 그물에 갇힌 산서삼살이었다.

도는 속도가 점점 빨라지는 상황에도 빙혈서생은 눈을 가늘게 떴다.

중심조차 잡기 힘든데 저리 움직이다니?

저런 검객이 강북에 숨어 있었다고?

거기에 더해 사파나 마교보다도 악랄한 심성을 가졌다.

더욱 놀라운 것은 그 검객이 바로 정파인이라는 것이다. 그것도 강북 오대세가에 속하는 하북팽가의 직계.

이것은 강북 무림의 판도가 바뀔 만한 일이라 생각했다.

그때 빙혈서생의 옆에 있는 편육랑아는 주먹을 불끈 쥐고 계속 뭐라 속삭였다.

그 모습에 빙혈서생이 물었다.

"셋째야, 지금 뭐 하는 것이냐?"

"둘째 형님, 저거 보십시오. 마차가 기울어지고 있습니다. 저 마차만 없다면 저희는 자유의 몸이 아닙니까?"

편육랑아는 배의 후미에 있는 마차를 가리켰다.

그의 말대로 마차는 위태롭게 흔들리고 있었다.

편육랑아가 다시 외쳤다.

"넘어가라. 넘어가라!"

그때 흑의살풍의 비명이 들렸다.

"헉!"

그 소리에 빙혈서생이 고개를 돌렸다.

"형님, 무슨 일이십니까?"

"놓쳤다."

"뭘 놓쳤습니까?"

"한철 궤를……."

흑의살풍은 배의 가장자리로 미끄러져 가는 보따리를 가리켰다.

"헉, 저건……."

빙혈서생도 비명을 질렀다. 한빈이 보관하라고 준 청명환이 들어 있는 한철 궤 보따리였다.

저게 강물에 빠진다면?

그 이후에 일어날 일은 생각조차 하기 싫었다.

그때였다.

미끄러지던 보따리가 흔들리는 배 때문에 공중으로 튀어 올랐다.

휘릭!

강물 밖으로 날아가는 보따리에 산서삼살이 입을 벌렸다.

"제길!"

"이건 우리 책임이 아니야."

그때 누군가 보따리를 낚아챘다.

그런 혼란스러운 상황에도 한빈과 양악군이 격돌하는 소리가 계속 이어졌다.

챙! 챙!

양악군은 배 위에서만큼은 속도에서 지지 않으리라 생각했다.

조금 밀린다 싶으면 재빨리 물러나 다음 작전을 진행하면 되었다.

하지만 한빈의 생각은 달랐다.

지금은 속도로 양악군을 누를 필요가 없었다.

상대가 초절정의 고수라면 한빈에게는 좋은 방법이 있었다.

한빈은 용린검법의 구결 하나를 재빨리 떠올렸다.

'성동격서.'

오 년의 공력을 사용해 상대를 무력하게 만드는 초식이었다.

물론 오 년의 공력이 아깝긴 했지만, 용린검법의 공력이야 하루가 지나면 회복되는 것이었다.

스륵!

한빈의 검이 묘한 움직임을 만들어 냈다.

왼쪽으로 뱀처럼 휘어져 들어오는 한빈의 검에 양악군이 재빨리 검을 그었다.

휙!

양악군의 눈이 커졌다.

그곳에는 아무것도 없기 때문이었다.

불길함을 느낌 양악군은 재빨리 몸을 틀며 반대쪽으로 검신을 세웠다.

스륵.

날아오던 검이 다시 방향을 바꾸었다.

양악군이 거기까지 생각했을 때는 이미 늦었다.

푹!

한빈의 검이 살을 파고들었다.

낭패한 양악군이 재빨리 뒤로 물러났다.

어깨에 흘러내리는 핏물을 본 양악군이 외쳤다.

"대체 정체가 무엇이냐?"

이것은 그의 진심이었다.

지금 한빈의 공격은 화산파의 매화검법보다 화려했으며 점창의 사일검법보다 날카로웠다.

강북에 저런 젊은 검객이 있다는 소리는 듣지를 못했다.

한빈이 활짝 웃으며 답했다.

"하북팽가라니까 자꾸 왜 그래?"

"하북팽가에서 검을 쓴다고……?"

양악군이 말끝을 흐리며 한빈을 바라봤다.

한빈은 양악군이 자신의 적수가 아니라는 듯 유유자적 허공을 바라봤다.

물론 진짜 허공을 바라보고 있는 것은 아니었다.

[용안(龍眼)으로 초식을 확인합니다.]

[인급(人級) 구결 자(自)를 획득하셨습니다.]

그때 양악군에게 누군가가 다가갔다.

그는 양악군의 오른팔 검오였다. 그가 양악군에게 보따리를 건넸다.

그 보따리는 흑의살풍이 들고 있던 한철 궤가 든 보따리였다.

모두가 둘의 싸움에 정신이 팔린 사이에 검오가 목표물을 노획해 온 것이다.

보따리를 받은 양악군이 웃었다.

"하하하."

"……."

한빈이 고개를 갸웃하며 양악군을 바라봤다.

양악군이 오른손에 든 보따리를 흔들며 말을 이었다.

"나는 싸움보다는 이 영단이 중요하니 우리의 대결은 다음을 기약하지."

양악군과 검오가 동시에 공중으로 뛰어올랐다.

강으로 뛰어내릴 모양새였다.

그때 양악군이 오른손을 재빨리 움직였다.

마치 암기를 던지려는 듯 보였다.

하지만, 양악군의 오른손은 수하의 어깨로 향했다.

픽!

자신의 수하인 검오의 마혈을 찍은 것이다.

공중에 떠올랐던 검오가 바닥에 꼬꾸라졌다.

쿵!

수하가 쓰러지자 양악군이 비릿하게 웃으며 훌쩍 배의 난
간 밖으로 뛰어내렸다.

첨벙!

한빈은 재빨리 일촉즉발의 수법으로 난간 쪽으로 달려갔
다.

쉭!

끝까지 간 한빈이 아래를 바라봤다.

양악군은 미리 준비된 조그마한 배 위로 올라선 후였다.

한빈이 이를 악물자 옆쪽에 있던 악비광이 외쳤다.

"일단 배부터······!"

악비광은 끝말을 흐리며 아까 수적이 건드렸던 뱃전의 기
관을 가리켰다.

그것을 꺼 달라고 하는 것 같았다.

주변을 힐끔 돌아보니 표두 윤용호는 원심력에 배 밖으로
튀어 나가려는 마부를 꽉 잡고 있고 표사 하나는 겨우 자신
의 몸을 지탱할 뿐이었다.

하지만, 한빈은 양악군을 이대로 놔줄 수 없었다.

양악군은 흰 포말을 일으키며 멀어지고 있었다.

수적의 두목 아니랄까 봐 노 젓는 솜씨가 보통이 아니었다.

분명 놈의 수법은 장강십팔결(長江十八決)이었다.

이 초식은 수적들의 수법으로, 한 번 노를 저으면 열여덟 번의 물결을 일으킨다고 해서 붙여진 이름이었다.

내공을 노 젓는 데 운용하는 것은 전문적인 수적의 수법이었다. 배가 하나 더 있다고 해도 그를 따라잡는 것은 불가능했다.

양악군은 보내도 되지만, 그가 지닌 구결을 이대로 떠나보낼 수는 없었다.

하지만, 배는 빙글빙글 돌고 양악군이 탄 나룻배는 점점 멀어졌다.

그때 한빈의 눈에 조각난 갑판의 파편이 들어왔다. 그것은 쇠못이었다.

한빈은 재빨리 쇠못을 주워 들었다.

'백발백중.'

한빈의 손을 떠난 나뭇조각이 화살처럼 날아갔다.

픽! 푹!

한빈의 공격이 명중한 것이다.

새로 나타난 글귀에 한빈이 미소 지었다.

[용안(龍眼)으로 초식을 확인합니다.]

[인급(人級) 구결 자(自)를 획득하셨습니다.]

뭐지?

같은 구결이 또 떴다.

한빈은 재빨리 습득한 구결을 확인했다.

……

[인급(人級) – 자(自), 자(自)]

같은 글자가 두 개였다. 아직은 어떤 초식인지는 알 수 없을 터.

하지만, 인급 구결을 두 개나 건진 것은 이번 임무의 최대 수확이었다.

모든 구결이 네 글자로 되어 있다면, 기본편의 책장을 추가하기 위해서는 이미 얻은 '기사회생'을 제외하고 두 구결, 즉 여섯 글자가 남은 것이었다.

자신이 뿌려 놓은 떡밥에 몰려들 고수들이 앞으로도 계속 나타날 터.

한빈이 나지막이 혼잣말을 뱉었다.

"오늘은 운이 좋군."

그때였다.

옆에서 다 죽어 가는 악비광의 목소리가 들렸다.

"대형! 저 죽습니다."

그 모습에 한빈이 양악군에게 배신당한 검오의 혈도를 찍었다.

픽!

정신이 든 검오의 눈이 사시나무처럼 흔들렸다.

그 모습에 한빈이 말했다.

"일단 기관 장치를 멈춰라. 목숨만은 살려 주마."

순간 검오의 눈빛이 안정을 찾았다.

검오는 중심을 잡고 달려가더니 부서진 기관 장치 중 필요한 부분을 잡아당겼다.

스륵!

이상한 소리와 함께 배가 중심을 잡았다.

동시에 돛대도 바로 섰다.

바람에 빙빙 돌던 배도 바로 멈췄다.

그제야 배에 탄 이들은 한숨을 몰아쉬었다.

꽃

잠시 후.

한빈 일행이 탄 배가 반대쪽에 도착했다.

중간에 생긴 사고로 배는 예상보다 하류로 떠내려와 나루터에 도착은 못 했지만, 적당한 높이의 둔덕 덕분에 한빈 일행은 무사히 짐을 내릴 수 있었다.

아무 일도 없었다는 듯 모두가 무사히 내렸지만, 혈색만큼은 파리했다.

얼굴에 핏기가 하나도 없는 악비광이 한빈에게 다가왔다.

악비광이 한빈에게 물었다.

"대형은 괜찮으십니까?"

"나를 걱정하는 것이 아니라 물가에 가서 네 얼굴이나 비춰 봐라, 비광아."

"저, 전 괜찮습니다. 그런데, 혹시 전에 배를 타 보신 적이 있습니까?"

의심 가득한 눈초리로 바라보자 한빈이 진지한 표정으로 말했다.

"비광아!"

"네, 형님."

급격히 공손해진 악비광의 태도에 한빈이 고개를 갸웃했다.

그것도 잠시 한빈이 말을 이었다.

"너는 쟤네나 데려와라."

한빈이 배 위에서 머뭇거리고 있는 무리를 가리켰다.

그들은 양악군에게 버림받은 수적이었다.

굳이 악비광이 갈 필요도 없이 둘의 대화를 엿들은 수적들은 한빈의 앞에 정렬했다.

그들이 한빈 앞에 정렬하자 옆에서 지켜보던 산서삼살이 다급하게 뛰어왔다.

그중 편육랑아가 한빈 앞에 섰다.

그 모습에 한빈이 고개를 갸웃했다.

"너는 또 왜 그래?"

"아, 그게 아니라 드릴 말씀이 있어서 그럽니다."

"내게 할 말이라고? 혹시 풀어 달라고?"

"아, 그건 절대 아닙니다. 저희를 풀어 주는 거야 대협의 권한입죠."

편육랑아가 덩치에 걸맞지 않게 어색하게 웃자 한빈이 물었다.

"그럼 뭔데?"

"제가 굴려도 될까요?"

"굴리긴 뭘 굴려?"

"쟤네요!"

편육랑아가 수적 무리를 가리키며 낭아봉을 치켜들었다.

휭!

낭아봉을 치켜드는 것만으로도 바람이 일었다.

순간 편육랑아와 눈이 마주친 검오는 재빨리 고개를 숙였다.

산서삼살의 악명은 수적이라 해서 모를 수 없었다.

그런데, 그들을 부리는 젊은 고수라?

아무리 생각해도 정체를 알 수 없었다.

편육랑아를 수하로 부리는 것을 보면 사파의 고수가 분명했다.

아무리 하북팽가의 사 공자라 말해도 그것을 믿을 수 없는 검오였다.

검오는 자신을 그냥 놔두리라 생각하지 않았다. 그는 자신의 양쪽 팔을 바라봤다.

아마 몇 시진만 지나면 둘 중 한 팔은 몸에서 떨어져 나갈 것이 분명했다.

아니, 떨어져 나가는 것이 머리가 될 수도 있었다.

검오가 고개 숙인 채 눈을 질끈 감고 있을 때였다.

편육랑아가 한빈에게 나지막이 속삭였다.

"대협, 너무하신 거 아닙니까? 저희는 굴리고 쟤들처럼 악독한 도적 떼들은 그냥 보내 주고요. 이게 강호의 도리입니까?"

한빈이 눈을 가늘게 뜨며 편육랑아를 바라봤다.

"같이 구를래?"

"아, 아닙니다."

대화를 듣던 검오는 고개를 갸웃했다.

둘의 대화만을 들어 본다면 자신을 죽이지 않을 것 같아서였다.

검오는 지금 희망을 본 것이었다.

그때 한빈의 목소리가 들려왔다.

"이제 끝났으면 다 가 봐."

뭐지?

수적들이 동시에 고개를 들었다.

한빈을 바라본 수적들이 서로 눈빛을 교환하며 무슨 말이
냐는 듯 고개를 갸웃했다.

도저히 상상도 할 수 없는 일이 일어난 것이었다.

수적질은 목숨을 내놓고 하는 일이었다.

잘못하면 관아에 끌려가 처형이 되기도 하고.

수적질에 실패하면 그에 응당한 대가를 치러야 한다.

그런데 그냥 가라니?

검오는 한빈의 표정을 살폈다.

그때 한빈이 말했다.

"아니, 가라고 해도 안 가네?"

하지만, 검오는 움직일 수 없었다. 한빈의 말이 꼭 반대로
말하는 것 같았기 때문이었다.

이대로 간다면 뒤에서 칼이 날아올 것 같은 느낌이었다.

검오와 수적들은 모두 얼어붙은 채 한빈을 바라봤다.

머뭇거리는 수적들의 모습에 한빈이 황당하다는 듯 한숨
을 내쉬었다.

"휴."

그 한숨의 끝에 한빈이 편육랑아를 불렀다.

한빈의 손짓에 편육랑아가 뛰어왔다.

인상만으로도 강북 무림을 찜 쪄 먹을 것 같은 편육랑아였지만, 한빈에게만은 순한 양이었다.

편육랑아가 억지웃음을 지으며 말했다.

"대협, 시키실 일이라도……."

"쟤네 보이지?"

"네, 수적 놈들 말입니까?"

"그래, 네가 좀 쫓아내라. 귀찮다."

"네, 대협."

편육랑아가 그들에게 걸어가며 낭아봉을 휘둘렀다.

붕! 붕!

다시 바람 소리가 일자 수적들은 주춤주춤 물러났다.

그때였다.

한빈이 손가락을 튕겼다.

딱!

그 소리는 묘하게 편육랑아의 낭아봉 휘두르는 소리보다 더 크게 느껴졌다.

이런 것이 기세고 권력이었다.

편육랑아와 수적이 동시에 동작을 멈췄다.

모두의 시선이 한빈에게 몰린 상황.

한빈이 검지로 검오를 가리켰다.

"너 빼고 나머지는 가."

"네?"

검오가 눈을 크게 뜨고 다시 묻자 한빈이 고개를 끄덕였다.

"그래, 너 빼고."

순간, 검오는 석상이 되었다.

수적들이 웅성거리며 서로의 눈치를 봤다.

그때 누군가 말했다.

"마음 변하기 전에 빨리 튀자."

"그런데, 검오는?"

"검오가 문제냐? 다 죽게 생겼는데……."

수적들은 검오만을 남긴 채 재빨리 우르르 배에 올랐다.

타다닥, 타다닥.

수적들의 다급한 발소리가 둔덕에 울려 퍼졌다.

혼자 남은 검오는 우두커니 한빈을 바라봤다.

검오는 어린 시절 기억을 떠올렸다.

기억을 더듬어 보면 항상 버림받았었다.

부모에게 버림받고 친척을 찾아갔지만, 그 친척은 검오를 노비로 넘겼다.

차후 철이 들자 그 집에서 빠져나와 몸을 담은 것이 강북 십이수로채였다.

검오의 일생에서 수적 생활이 가장 행복했다.

그런데 지금 또 버림받았다는 기분이 드는 것은 왜일까?

두목에게 버림받은 것도 모자라 동료에게까지 버림받았다.

검오는 한빈이 자신만 남긴 것은 본보기를 보이기 위함이라 생각했다.

가장 잔인한 수법으로 자신을 썰어 댈지도 몰랐다.

검오가 마음의 결심을 하고 있을 때 한빈이 말을 붙여 왔다.

"너희 두목 이름이 뭐냐?"

"……."

검오가 고개를 들어 멍하니 한빈을 바라봤다.

"살려 주시는 겁니까?"

"내가 너를 죽여서 뭐 하겠느냐? 도망친 너희 두목 놈이면 또 몰라도."

"아, 감사합니다. ……참, 절 버리고 간 두목 놈의 이름은 양악군입니다."

"양악군이라……."

한빈은 말끝을 흐리며 관자놀이를 톡톡 쳤다.

어디선가 들어 봤기 때문이었다.

하지만, 당장 떠오르는 것은 없기에 질문을 이었다.

"소속은?"

"강북 십이수로채입니다."

"몇 채주야?"

"평령강에서 활동하고 있는 칠 채주입니다."

"그럼 놈의 특징이라든지 생각나는 건 모두 털어놓거라."

"그러니까……. 변장을 잘하는 편입니다. 참, 거기에 특징이 하나 더 있습니다."

검오는 제법 자세하게 두목 양악군의 특징을 술술 털어놓았다.

이제는 두목도 뭣도 아니었다.

검오에게 양악군은 배신자였다.

검오가 양악군에 대해 모두 털어놓자 한빈이 고개를 끄덕였다.

"그래, 알았다."

"절대 잡을 수 없을 겁니다. 평령강으로 돌아가지 않을 텐데요."

"괜찮아."

"괜찮다니요? 대협."

"크게 다친 사람 없으면 됐지. 물건 하나 잃어버린 게 큰일은 아니지."

"대협, 청명환을 탈취당한 게 큰일이 아니라니요?"

오히려 더 흥분하는 검오였다.

그 모습을 지켜보던 산서삼살이 헛웃음을 삼켰다.

그중 빙혈서생이 쓴웃음을 지었다.

"그러고 보니 한철 궤를 잃어버린 것은 형님 아닙니까?"

"그렇지, 내가……."

"형님, 염려하지 마십시오. 지난번에도 이상한 나무 상자를 한철 궤를 던져 주며 속였지 않습니까? 이번 것도 가짜일 겁니다."

"허허, 이번에 잃어버린 한철 궤는 진짜였다."

흑의살풍이 답하자 빙혈서생이 고개를 갸웃하며 물었다.

"혹시 상자 안까지 봤습니까?"

"흠."

흑의살풍이 고개를 갸웃하자 빙혈서생이 말을 이었다.

"한철 궤가 진짜라고 해서 안에 있는 물건까지 진짜라는 보장은 없지 않습니까? 한철 궤가 하나밖에 없는 물건도 아니고요."

"허허. 내가 거기까지는 생각을 못 했구나."

"그게 가짜가 아니라면 저희를 그냥 놔두겠습니까? 저런 악질이 말입니다."

빙혈서생은 턱짓으로 멀리서 대화를 나누고 있는 한빈을 가리켰다.

동시에 흑의살풍과 편육랑아가 말없이 고개를 끄덕였다.

그들이 청명환 도난 사건에 대해 추측하고 있을 때 한빈은 사람 좋은 얼굴로 마차 쪽에 있는 설화를 바라봤다.

그러고는 손가락을 튕겼다.

딱!

순간 설화가 고개를 돌리더니 번개같이 뛰어왔다.

"네, 공자님."

"깔아라, 설화야."

한빈의 말에 검오는 고개를 갸웃했다. 한빈이 무엇을 하려
는지 짐작도 안 되었다.

그런데 이상한 일이 일어났다.

설화는 보따리를 풀더니 가느다란 붓을 한빈에게 전했다.

"여기요, 공자님."

"그래, 고맙다. 설화야."

한빈은 흡족한 표정으로 고개를 끄덕이며 붓을 들었다.

그 모습을 구경하고 있던 검오는 침을 삼켰다. 잔뜩 긴장
한 터라 한빈의 동작 하나하나에 의미를 부여했다.

처음에는 아무것도 없는 보따리 위에 글씨를 쓰는 줄 알았
더니, 그 아래에 조그마한 빈 종이가 펼쳐져 있었다.

한빈이 일필휘지로 뭔가를 써 내려갔다.

휙!

붓을 내려놓은 한빈은 종이를 말린 다음에 접어 통에 넣었
다.

한빈은 전서구 통을 설화에게 건넸다.

"여기 있다."

"전처럼 날리면 되는 거죠? 공자님."

"그러면 된다, 설화야."

설화가 가벼운 발걸음으로 통통 뛰어가자 검오는 고개를 갸웃했다.

어떤 벌을 받을까를 고민하고 있던 검오였다.

그런데 자신에게 아무 일도 일어나지 않았다.

게다가 설화라는 시녀는 기분이 좋은지 활짝 웃고 있었다.

이 모든 것이 검오는 이해되지 않았다.

그것을 바라보던 산서삼살 중 흑의살풍이 혀를 찼다.

"진짜 우리와 똑같구나. 그 양악군이라는 놈도 참 불쌍하지."

그때 비둘기가 그들의 머리 위로 지나갔다.

푸다닥!

그것을 본 편육랑아가 말했다.

"형님들, 생각해 보니 아까 시간 날 때 비둘기를 강에 던져 버릴 것 그랬습니다."

"아우야."

빙혈서생이 나지막한 목소리로 편육랑아를 불렀다.

"왜 그러십니까? 형님."

편육랑아가 귀를 쫑긋 세우며 다가서자 빙혈서생이 말을 이었다.

"휴……. 너는 참 단순해서 좋겠다. 우리가 비둘기를 버린다고 해도 저 인간이 소문을 안 내겠느냐? 진짜는 자기가 처먹고 죄는 우리에게 뒤집어씌울 인간이다."

"허허, 맞습니다."

"아마, 양악군인가 하는 그놈은 가짜를 가지고 희희낙락거리며 꿈에 부풀어 있을 것이 분명하다."

"아, 생각해 보니 그렇겠네요."

"뭐, 자기 딴에는 운이 좋다고 생각하겠지. 앞으로 어떤 일이 닥칠지 모르면서 말이야."

빙혈서생이 고개를 돌려 한빈 쪽을 바라봤다.

편육랑아도 한빈에게 시선을 돌렸다.

순간 며칠간의 기억이 머릿속에 맴돌자 자신도 모르게 혼잣말을 토해 냈다.

"악마 같은 놈!"

이것은 편육랑아의 진심이었다.

편육랑아의 목소리가 다소 컸기에 빙혈서생은 검지를 입술에 갖다 댔다.

"쉿!"

장하의 하류.

양악군은 어깨에 박힌 쇠못을 빼내었다.

"휴……. 지독한 놈. 끝까지 포기를 안 하는군."

양악군은 보따리를 조심스럽게 풀었다.

드디어 한철 궤가 모습을 드러냈다.

보기만 해도 냉기를 풀풀 풍기는 것이 분명 진짜가 맞았다.

양악군은 한철 궤를 보고 잠시 고민에 빠졌다.

이것을 판다면 평생 먹고 살 수 있을 것이고 만약에 복용한다면 초절정 최상급까지 경지를 올릴 수도 있었다.

양악군은 당장은 결정을 내리지 않기로 했다.

그때였다.

구구구!

비둘기가 양악군의 머리 위로 날아갔다.

"비둘기면 길조지, 길조야. 오늘은 진짜 운이 좋은 날이구나!"

물론 그 비둘기는 한빈이 날린 비둘기였다.

전서구가 개방에 도착한다면 양악군은 평생 얼굴을 내놓고 못 다닐지도 몰랐다.

물론 수로채에서도 말이다.

양악군은 머리 위로 날아간 비둘기의 의미도 모른 채 활짝 웃었다.

세 시진 후.

한빈 일행은 하남정가를 향해 걸어갔다.

그때 앞서가던 빙혈서생이 돌아와 물었다.

"대협, 저쪽에 마을이 있습니다. 노숙보다는 저곳에 머무는 것이 어떻겠습니까?"

"그러죠."

그때였다. 빙혈서생의 시선이 한빈의 무릎에 꽂혔다.

그곳에는 조그마한 상자가 있었다.

빙혈서생이 자신도 모르게 나지막이 혼잣말을 토해 냈다.

"한철 궤?"

한빈이 씩 웃으며 말했다.

"왜 그렇게 놀라시나요?"

"아, 아닙니다."

빙혈서생이 재빨리 고개를 돌렸다.

아무리 생각해도 이해가 안 되는 상황이었다.

그렇다면 이전에 빼앗긴 청명환도 가짜라는 것이었다.

빙혈서생은 여기서 한 가지 의심을 해 보았다.

'진짜는 과연 가지고 있을까?'

'벌써 먹어 치운 것이 아닐까?'

이것은 합리적인 의심이었다.

빙혈서생이 고개를 갸웃하며 앞으로 가고 있을 때 악비광이 다급하게 다가왔다.

그 모습에 빙혈서생이 물었다.

"왜 그러십니까?"

"혹시 저희가 두고 내린 물건이 있는지 해서 물어볼 겸 왔습니다."

"두고 내린 물건은 없는 것 같습니다."

"그런데 왜 이렇게 허전하죠?"

"그야 저도 잘 모르겠습니다."

빙혈서생은 재빨리 고개를 돌렸다.

그는 더는 말할 기운이 없었다. 몇 시진 전에 배가 빙빙 돌 때는 다시 한번 주화입마가 찾아온 것은 아닌지 의심해야 했다.

빙공을 익히다 주화입마에 걸린 이후로 회복이 안 되어서 아직도 고생하고 있는 그다.

사실 빙혈이라는 별호도 쥐꼬리만 한 빙공의 위력 때문이 아니라 창백한 그의 혈색 때문이었다.

그들의 대화에 편육랑아가 주변을 둘러보며 사람을 세어 봤다.

빠뜨린 것이 혹시 사람인가 해서였다.

"하나, 둘, 셋……."

숫자를 센 편육랑아가 고개를 끄덕였다. 빠진 사람은 없었다.

배에 탈 때도 아홉 명이고 배에서 내린 지금도 자신을 포함해서 아홉 명이니 사람이 빠진 것은 아니었다.

그렇다면 무엇을 빼먹었을까?

둘째 형 빙혈서생은 머리가 비상하기로 소문난 자였다. 그가 의심하고 있다면 뭔가 빼먹은 것이 맞았다.

편육랑아는 자신도 모르게 허리춤에 전낭이 있는지를 확인했다.

그것도 잠시 그는 고개를 가로저었다. 생각해 보니 한빈에게 압수당한 것이 떠올랐기 때문이었다.

그때 이번 일행에 새로 합류한 검오가 물었다.

"왜 그러십니까?"

"아무것도 아니다. 너나 나나 같은 처지이니 그렇게 쫄지 말고."

편육랑아가 검오의 어깨를 톡톡 쳤다.

살짝 친다고 쳤는데 검오가 앞으로 팍 밀려 나갔다.

검오는 지금 울고 싶은 심정이었다.

한빈이 검오만을 지적해서 데려온 것이었다.

말로는 우두머리가 책임져야 할 일이라고는 했지만, 나머지 수적 무리를 풀어 준 것 자체가 너무나 큰 차별이었다.

물밑 전쟁 (1)

강북 십이수로채 중 일곱 번째 집단의 배 위는 엉망이었
다.

사실 뭍에서 조금 더 정비를 하고 가야 했지만, 한빈의 마
음이 변할까 두려워서 다급하게 출발했다.

무리 중 하나가 이마에 손을 올려 햇볕을 가리며 멀어진
육지를 확인했다.

"휴."

한숨을 쉬는 수적에게 다른 수적이 물었다.

"왜 그러십니까?"

"왜긴 왜야? 죽을 뻔해서 그러지. 그건 그렇고 채주가 우
리 뒤통수를 칠 줄은 몰랐다."

"그러게요. 악가에 무씨검가, 거기에 하북팽가도 모자라 산서삼살이 같이 움직이는데 거기에 우리를 쑤셔 박다니 말도 안 되죠. 이 김에 손 씻죠, 형님."

"우리가 무슨 돈이 있다고……."

"이 배가 있지 않습니까? 아래 창고에는 팔 만한 물건도 있고요."

"흠, 네 생각이 일리 있다."

"그래도 여기에서는 좀 그러니 조금 더 하류로 내려가서 정리하는 것이 좋겠습니다."

"그래, 검오가 끌려간 것이 안타깝긴 하지만, 산 사람만이라도 입에 풀칠해야 하는 게 맞다. 형제들을 모아라."

새로 수장이 된 수적이 박도를 높이 치켜들자 선상의 수적들이 소리 질렀다.

"와아!"

"새로운 출발을 위해서!"

"이제는 여길 뜬다!"

모두의 함성이 선상에서 울려 퍼질 때 배 아래 창고에서 누군가가 몸을 뒤척이며 낮은 목소리로 읊조렸다.

"음, 시끄러워……."

그것은 누군가의 잠꼬대였다.

긴 머리를 질끈 동여매고 비녀 하나를 꽂은 여인이었다.

그녀는 다름 아닌 무소율.

무소율은 멀미가 심해도 너무 심했다.

이전에 배가 심하게 흔들리며 회전할 때, 그녀는 자신의 의지와는 상관없이 양악군이 내놓은 구멍으로 떨어진 것이다.

다행히 식량 더미 위로 떨어져 다친 곳은 없지만, 바로 정신을 잃었다. 아니 정신을 잃었다기보다는 잠이 든 것이다.

철혈의 여인이라 불리지만, 정작 그녀의 몸은 이 고단한 여정을 이겨 낼 만큼 강하지 못했다.

게다가 뱃멀미까지 겹치자 이 상태가 된 것이었다.

그녀는 곡식 포대 위에서 곤히 잠들어 있는 상태.

밑에 무소율이 남았다는 것을 모르는 수적들은 계속 함성을 질렀다.

"위하여!"

"가자!"

새로운 출발을 다지고 있는 강북 십이수로채 중 일곱 번째 무리는 밑에 재앙이 타고 있다는 것도 모른 채 새로운 인생을 설계하고 있었다.

❦

며칠 후 정의맹 하남 지부의 접객실.

커다란 탁자에 고풍스러운 족자가 벽면을 채우고 있다.

넓은 탁자에는 한 사내가 의자 팔걸이를 톡톡 치며 문이 열리기를 기다리고 있었다.

큰 키에 날카로운 눈빛을 한 사내는 마치 학을 연상시키듯 고고하게 허리를 펴고 있었다.

그 모습만 본다면 유림의 학자라고 볼 수도 있었다.

하지만, 입만은 비릿하게 웃는 모습이 마치 뱀을 생각나게 했다.

뱀과 학이라?

조금은 어울리지 않는 관상이었다.

서생 같은 분위기에 어울리게 그는 화첩을 꺼내 놓고 감상하고 있었다.

그 화첩에는 숫자가 빼곡히 쓰여 있었다.

그의 이름은 정휘지.

하남정가의 둘째였다.

다른 세가라면 가주과 비슷한 항렬이었다.

하남정가는 아직 가주 교체가 끝나지 않은 관계로, 그는 높은 항렬에 속하지만 대우를 받지 못하는 상태였다.

하지만, 지금은 상황이 달라졌다.

하남정가의 가주가 정체불명의 병에 걸린 후 정휘지는 소가주인 정인지와 함께 세가를 이끌고 있는 중이었다.

현재 하남정가의 이인자인 그는 화첩에 나와 있는 숫자를 매섭게 바라보고 있었다.

정화 부인과 한배를 탄 사람이었으니까 어찌 보면 당연한 일이었다.

그때 문이 덜컹하고 열렸다.

정휘지는 화첩을 재빨리 닫았다.

문이 열리자 정(正)이라 쓰인 무복을 입은 자가 걸어와 정중히 포권했다.

"오래 기다리셨습니다, 정 대협. 저는 정의맹 하남 지부장 황지용입니다."

앉아 있던 사내도 천천히 자리에서 일어났다.

"만나 뵙게 돼서 영광입니다, 대협. 저는 하남정가의 정휘지입니다."

정휘지도 마주 포권했다.

"하남쾌검 대협의 위명은 익히 들었습니다. 자리에 앉으시죠. 바로 차를 올리겠습니다."

하남쾌검은 정휘지의 별호.

빠름을 중요시하는 하남정가의 검객 중에서도 유독 빠름이 돋보이기에 붙여진 별호였다.

사실 이것은 정휘지의 마음을 아프게 했다.

하남정가의 검을 잘 살린 무인이란 칭호를 받으면서도 실제로는 소가주 경쟁에서 밀려났기 때문이다.

간단한 인사가 끝나자 둘이 동시에 자리에 앉았다.

황지용은 정휘지를 조심스럽게 살폈다.

역시 하남정가의 제일검답게 기세가 심상치 않았다.

황지용은 턱을 매만지며 정휘지가 온 까닭을 더듬어 봤다.

정휘지는 지금 운송 중인 청명환의 호송을 부탁하러 온 것이 분명했다.

정의맹도 귀가 있어서 지금의 상황은 잘 알고 있었다.

하북팽가에서부터 시작된 하남정가까지의 표행.

그 표행의 주인공은 청명환이라는 영단이었다.

사파는 물론 정파에서도 관심을 나타내는 청명환.

정의맹 하남 지부는 이 일에 대해서 일부러 모른 척하고 있었다.

나서 봐야 어떤 이익이 없었기 때문이었다.

하지만, 여기서 조금 더 일이 확대된다면 언제든 개입할 준비는 해 놓고 있었다.

무슨 얘기를 먼저 꺼내야 하나 하며 상대의 표정을 살피던 황지용이 고개를 갸웃했다.

상대의 표정에서 감정을 읽을 수 없었다. 얼굴에 철판 하나를 올려놓은 것처럼 딱딱한 표정이었다.

마치 얼굴에 호신강기를 두른 것처럼.

황지용이 머뭇거리고 있을 때 마침 시녀가 차를 들고 왔다.

찻잔에 김이 모락모락 피어나며 어색했던 분위기를 누그러뜨렸다.

황지용은 지금이 말을 꺼낼 때임을 알았다.

"대협, 청명환 호송에 관한 저희 입장을 말씀드리겠습니다."

"말씀해 주시오."

"먼저 면목 없다는 말밖에는 드릴 말씀이 없군요. 어떻게든 도움을 줄 방법을 모색하겠습니다."

황지용의 답에 정휘지가 찻잔을 탁자에 세게 내려놨다.

탁!

탁자에 부딪힌 찻물이 살짝 튀어 올랐다. 하지만, 그 물방울은 묘하게 찻잔 위에서 한 치도 벗어나지 않았다. 이것은 내공으로 찻잔을 덮었다는 것.

정휘지가 무력을 과시하자 황지용은 눈매를 좁혔다.

찻잔의 차는 그대로였다.

황지용은 그것이 무력을 보여 주기 위함이라 생각했다.

지은 죄가 있으니 무력으로 맞설 수는 없는 일.

황지용은 살짝 고개를 숙이며 입을 열었다.

"죄송합니다. 많이 화나셨군요."

정휘지는 살짝 고개를 저었다.

"제 뜻을 모르십니까?"

"뜻이라니 그게 말씀인지요?"

"저는 이 호송에서 일어나는 사건이 찻잔의 차와 같다고 생각합니다."

"그게 무슨 말씀이신지요?"

"아무도 관여하지 않는다면 어떤 소문도 그 어떤 결과도 주워 담을 필요도 없지요."

황지용은 찻잔을 응시했다.

정휘지는 탁자가 흔들릴 정도로 찻잔을 내려놨다.

두 번째로 무력을 과시하려는 것 같았다.

하지만, 그 강도가 이전 동작보다 몇 배는 더 컸다.

아직도 탁자가 흔들릴 정도니 말이다.

그런데 차는 흘러내리지 않았다.

내공으로 찻잔의 위를 덮었다는 것이다.

차가 호송이라고 했다.

그때 정휘지가 다시 말을 이었다.

"어차피 아버님의 나이가 있으니 조금 있으면 하남정가의 가주도 바뀌지 않겠습니까?"

그의 뜻은 명백했다.

하남정가의 둘째 아들은 하남정가의 현 가주인 정무룡의 죽음을 원하고 있는 것이다.

거기에서 좀 더 예측을 하자면 정휘지는 가주 자리를 꿰차고 싶은 것이 분명했다.

"가주라……."

황지용이 말끝을 흐렸다.

상대에게 얻을 것을 얻기 위함이었다.

정휘지가 그 뜻을 안다는 듯 아무렇지 않게 말을 이었다.

"가주가 되면 곳간의 열쇠도 제 것이 아니겠습니까? 뭘 꺼내든 무슨 상관이겠습니까? 그리고 보니 황지용 지부장님의 아드님이 정의맹의 천룡 학관에 입학할 때가 되었더군요. 경쟁에서 밀리지 않으려면 영약도 지원을 받으셔야 할 텐데……."

"음."

황지용은 정휘지를 바라보며 관자놀이를 툭툭 쳤다.

그것도 잠시 정휘지와 황지용의 시선이 허공에서 얽혔다.

잠시 타오르던 둘의 눈빛이 하나가 되었다.

황지용이 찻잔을 들었다.

슬쩍 입을 축인 황지용이 입을 열었다.

"대협의 뜻은 확인했습니다. 하남정가의 뜻으로 알아도 될는지요?"

"네, 하남정가의 뜻과 제 뜻은 같습니다."

"네, 잘 알겠습니다. 그럼 의뢰서를 남겨 주실 수 있을는지요. 저도 정의맹의 밥을 먹는 무인인지라……."

"그렇게 하죠."

정휘지가 입꼬리를 올렸다.

의뢰서라고 해 봐야 일을 성공시키고 나면 종이 쪼가리가 될 터였다.

세상에 드러나지 않을 문서는 몇십 장이고 써 줄 수 있었다.

정휘지가 생각하기에 자신이 의뢰한 일은 명분도 충분했다.

하남정가의 일은 하남정가에서 알아서 할 테니 누구도 신경 쓰지 말라는 것은 확실한 대의명분이었다.

물론 하북팽가에서 오는 호송을 호위할 생각은 조금도 없었다.

뭐 호송이 무사히 도착한다고 해도 관계는 없었다.

그것은 그것대로 판을 짜 놨으니 말이다.

정휘지가 정의맹 하남 지부에서 나오자 수하 하나가 쪼르르 달려왔다.

"공자님, 일은 잘되셨습니까?"

"내가 하는 일에 빈틈이 있던가?"

"아휴, 그럴 리가요."

"그런데, 자네는 내가 지시한 일은 잘 처리했는가?"

"네, 지금 안내해 드리죠. 낭인 중에도 최정예라고 하는 친구들로 추려 놨습니다."

"그 말에 책임을 져야 할 것이야."

"네, 그럼 이쪽으로 오시죠."

정휘지의 수하는 재빨리 그를 어느 허름한 장원으로 안내했다.

현판도 없는 이곳은 하남 낭인들의 거래가 이루어지는 낭인 시장 겸 연무장이었다.

이곳에 자기 일을 도울 낭인이 준비되어 있을 터. 정휘지가 기대감 가득한 얼굴로 낭인 시장에 들어섰다.

챙! 챙!

병장기 부딪치는 소리에 정휘지가 고개를 돌렸다.

그곳에는 사내와 여인이 칼을 맞대고 있었다.

정휘지가 얼굴을 와락 구겼다.

"정예를 추리라고 했더니 왜 여인을 데려왔는가?"

정휘지의 질문에 수하가 멀리서 칼을 휘두르는 여인을 가리켰다.

"공자님, 조금만 더 보시죠."

챙! 챙!

칼이 부딪치면서 불꽃이 튀었다. 그런데 상황이 묘했다.

여인이 사내를 일방적으로 몰아붙이고 있었다.

까무잡잡한 피부에 날렵한 몸매.

그리 힘을 쓸 것 같지 않은 외모였다.

까무잡잡한 피부 때문에 무인으로 보이지, 몸에 적당히 달라붙은 무복 겉으로 드러나는 몸매는 장안에서 유명한 기녀보다도 뛰어날 정도였다.

그런데 저렇게 사내를 무지막지하게 몰아붙이다니?

정휘지는 눈을 가늘게 떴다.

"분명 정파의 무공은 아니군."

"네, 그렇습니다. 사파에서도 저렇게 물불 안 가리는 초식은 사용하지 않습니다."

"그렇지. 어디에서 왔다더냐?"

"듣기로는 해남에서 왔다고 합니다."

"해남이라……."

정휘지는 턱을 매만지며 여자 무사를 바라보았다. 그러고는 고개를 끄덕였다.

해남이라는 수하의 말에 일리가 있다고 생각해서였다.

해남이라면 바닷바람 때문에 사람들의 피부가 저렇게 검은 편이었다.

피부가 까무잡잡한 여인은 당연히 심미호였다.

심미호는 누군가 자신을 바라보는 시선을 느꼈지만, 비무에 열중했다.

무게가 앞쪽에 실린 귀두도와 그동안 키운 내공의 조합은 실로 엄청났다.

그동안 쌓였던 피곤함을 지금 이 칼질로 날리는 중이었다.

심미호는 지금 상황이 너무 신기했다.

그녀가 받은 임무는 간단했다.

하남 낭인 시장에 가면 실력 있는 낭인을 구하는 하남정가의 사람이 올 것이라고 했다.

그때 넉넉하게 돈을 받고 그 밑으로 들어가라는 것이다.

이후에는 한빈이 직접 명을 내리겠다고 했다.

지금 이곳에서는 무슨 일이 일어나고 있는 것일까?

그리고 주군은 여기서 일어나는 일을 어떻게 그리 훤히 알고 있을까?

고민도 잠시. 심미호는 고민을 날려 버리겠다는 듯 시원하게 칼을 휘둘렀다.

챙! 챙!

넓은 연무장에서는 심미호 말고 다른 무사들도 수련에 열을 올리고 있었다.

그도 그럴 것이, 지금 그들을 고용한 하남정가의 둘째 정휘지가 와 있음을 알게 되었기 때문이다.

그의 눈에 든다면 하남정가에 정식 무사로 채용되는 것은 누워서 떡 먹기일 터.

이런 좋은 기회를 그냥 날릴 자는 여기에 없었다.

정휘지는 수련에 열을 올리는 낭인들을 보고 그들에게 지불한 은전이 아깝지 않다고 생각했다.

그때였다.

정휘지가 미간을 좁히며 불편한 표정을 지었다.

그 표정을 알아챈 수하가 재빨리 물었다.

"공자님, 왜 그러시는지요?"

"대체 저자들은 무엇이냐?"

"저들도 실력이……."

수하가 설명하려 하는데 정휘지가 말을 끊었다.

"하나는 나이가 너무 많고 하나는 너무 어리지 않느냐? 어린놈은 아직 덜 영글었을 것이고 나이 든 놈은 내가 진각 한번 밟으면 쓰러질 것 같은데, 저런 자들을 어찌 쓰겠는가? 딱봐도 이류가 아니더냐? 내가 일류 무사들로만 모으라 그리 말했거늘."

"일류 맞습니다."

"저들이 일류라고?"

정휘지가 고개를 갸웃하자 수하는 그들에게 달려가 뭐라 속삭였다.

수하가 전한 말에 젊은 사내와 나이 든 무사가 자리에서 일어나 칼을 맞잡았다.

서로를 바라보고 있는 둘의 입가에는 진득한 미소가 피어났다.

그 모습에 정휘지는 입가에 비릿한 미소를 지었다.

지금 이것은 초식을 서로 맞춘 상태에서의 비무였다.

즉 수련이라기보다는 자신들의 무위를 돋보이게 만드는 연출일 뿐이었다.

어려운 초식을 받아 내고 그걸 받아친다.

그러고는 그것을 효과적으로 피한다.

이런 일련의 과정은 이류의 무위를 마치 일류처럼 보이게 만들 터였다.

정휘지는 이들이 수하의 눈을 속이고 들어온 것이라 확신
했다.

그때 사내 둘이 움직이기 시작했다.

챙! 챙!

요란하게 울리는 칼 부딪치는 소리.

정휘지가 눈매를 좁혔다.

조금 전의 그의 생각이 기우였음을 깨닫게 된 것이다.

그들의 칼은 눈속임 따위가 아니었다.

진정한 패도가 그들의 칼에 실려 있었다.

일류 중에서도 확실한 중급 이상.

저기서 조금만 다듬는다면 차후에 절정도 바라볼 수 있는
모습이 엿보였다.

물론 젊은 무사 기준에서였다.

나이 많은 무사는 여기가 한계일 터.

챙! 챙!

물론 젊은 무사는 조호.

나이 든 무사는 장삼이었다.

조호는 장삼과 칼을 맞대며 미소를 띄웠다.

지금 조호가 긋는 선은 사실 단조로웠다.

천수장에서 수련한 기술 중 반은 쓰지도 않았다.

무조건 힘으로 상대와 대결하는 중이었다.

조호가 장삼을 바라보며 입 모양으로 말했다.

'무리하시는 거 아닌가요? 그러다가 관절 나가요, 아저씨.'

'이놈이 보자 보자 하니까.'

전음은 못 해도 입 모양으로 서로에게 의사는 전달할 수 있는 상태.

물론 이것도 천수장에서의 훈련 성과였다.

챙! 챙!

그들을 바라보던 정휘지가 눈을 가늘게 떴다.

정휘지의 시선이 그들의 칼에 꽂혔다.

심미호의 칼과 조호 그리고 장삼의 칼.

그들의 칼은 길이는 달랐지만, 모양은 같았다.

같은 무리라는 것이다.

그 표정을 눈치챈 수하가 재빨리 설명을 시작했다.

"저들은 네 명인데 해남사우라고 합니다."

"해남사우라? 들어 본 적은 없군."

"한 스승 밑에서 수련했지만, 지금은 사문에 개미 새끼 한 마리라도 없는 상태라고 합니다."

이것은 심미호가 이곳에 낭인으로 들어오면서 한 말이었다.

한빈 밑에서 수련한 것도 맞았고 지금 천수장에는 개미 새끼 한 마리도 남아 있지 않았다.

모두 이번 임무에 동원됐으니 말이다.

정휘지의 표정이 심상치 않자 수하가 다급하게 물었다.

"걸리는 것이라도 있으신지요?"

"아니다. 저들 중 우두머리를 불러라."

정휘지의 말에 심미호가 불려 왔다.

본래 소대섭이 맡아야 하지만, 지금의 임무는 언변이 중요하므로 심미호가 맡았다.

정휘지의 앞에 선 심미호가 포권했다.

"부르셨다고 들었어요. 무슨 일이신지요?"

"그래, 내가 몇 가지 묻고 싶은 것이 있네."

"네, 말씀하시지요."

"자네, 하남정가의 정식 무사로 일해 보고 싶은 생각이 없는가?"

"……."

심미호는 정휘지의 눈을 지그시 바라봤다.

시선이 마주치자 정휘지가 수하에게 턱짓했다.

수하가 심미호에게 전낭을 내밀었다.

"공자께서 드리는 선금이라 생각하시지요."

"……."

심미호는 말없이 전낭을 받아서는 안을 보았다.

안에는 은전이 넉넉하게 담겨 있었다.

하지만, 심미호의 눈빛은 평온했다.

정휘지의 수하가 말했다.

"넣어 두게. 그리고 그리 놀라지 않아도 되네."

평온한 심미호의 눈빛은 그에게 얼이 빠진 것처럼 보인 듯했다.

"네, 감사해요."

심미호가 전낭을 품에 넣었다.

그녀가 심드렁한 이유는 돈이 적어서였다. 사실 그녀에게 이곳의 임무는 꿀이었다.

한빈이 주는 정식 수입에다가 부수입까지 생기니 말이다.

그래서 정식 무사라고 해서 한껏 기대했는데 돈이 생각보다 적었다.

그때 정휘지가 입을 열었다.

"내 오늘부터 해남사우에게 중요한 일을 맡기겠네."

"명 받들겠습니다."

심미호는 각 잡힌 포권을 했다. 고개 숙인 그녀의 입꼬리가 살짝 올라갔다.

⁂

덜그럭, 덜그럭.

한빈 일행이 탄 마차가 막 영단산 입구에 들어서려 했다.

영단산은 약초꾼들의 성지.

덕분에 산을 가로지르는 길이 나 있었다.

그때였다.

뒤쪽에서 비명이 튀어나왔다.

"앗!"

목소리의 주인공은 악비광이었다.

악비광이 머리를 감싸 쥐고 괴로워하고 있었다.

표두 윤용호는 재빨리 손을 들었다.

"잠시 멈춰라!"

동시에 행렬이 멈추자 윤용호가 다급하게 악비광에게 달려갔다.

"무슨 일입니까?"

"그, 그게……."

악비광의 눈빛이 사정없이 흔들렸다.

그 모습에 윤용호가 그의 어깨를 꽉 잡고 물었다.

"진정하시고 무슨 일인지 천천히 말해 보십시오."

"무, 무소율 소저가 사라졌습니다."

그 말에 윤용호가 눈을 크게 떴다.

악비광은 정신이 없어 무소율까지는 챙기지 못했다.

뭔가 허전했지만, 그 허전함의 원인을 찾지 못했다.

그런데 지금 그 이유를 알게 된 것이다.

악비광은 무소율이 마차에 타고 있으리라 생각했다.

그러나 지금 확인해 보니 무소율이 없었다.

윤용호도 그제야 무소율이 사라진 것을 알았다.

"분명히 배에서 내리는 걸……."

그는 말끝을 흐렸다. 배에서 모든 인원이 내렸다고 생각했지만, 생각해 보니 무소율이 내리는 것을 확인한 적이 없었다.

그때 편육랑아가 조용히 다가왔다.

"누가 없어졌다고 그럽니까? 제가 출발할 때 사람을 세어 봤는데 분명히 아홉 맞았습니다."

윤용호가 고개를 갸웃하며 물었다.

"아홉이라고요?"

"네, 배에 타기 전 아홉이었고 지금도 아홉 아닙니까? 그러니 빠진 사람이 없는 거죠."

편육랑아는 손가락까지 접으며 자신 있게 답했다.

"허."

한숨을 쉰 윤용호가 편육랑아 옆에 있는 검오를 바라봤다.

시선이 마주친 검오도 편육랑아의 계산법에 입을 벌렸다.

실로 어이가 없는 상황이었다.

검오가 합류했으니 일행은 열이 되어야 정확했다.

그런데 어떻게 사람이 없어진 것을 모를 수 있단 말인가?

그래도 다행인 것은 무소율과 악비광이 표행에서 열외 인물이라는 점이다.

악비광은 넋이 나간 얼굴로 물었다.

"대체 어디에 있단 말입니까?"

"그건 저도⋯⋯."

윤용호가 난감해하고 있을 때 설화가 다가왔다.

"배에서 자고 있던데요."

"배라고? 무슨 배?"

악비광이 놀라 묻자 설화가 시큰둥한 표정으로 답했다.

"무슨 배긴요, 아까 우리가 타고 왔던 배죠."

"그럼 깨워야지. 아니면 우리한테 알려 주든가."

악비광의 책망하는 목소리에 설화가 고개를 흔들었다.

"아니, 그걸 왜 저한테 그래요. 여기 사람이 몇인데, 그만큼 존재감이 없었나 보죠."

순간 악비광이 입을 딱 벌렸다.

생각해 보니 설화의 말이 맞았다. 여기서 무소율을 챙길 사람이 누가 있단 말인가?

다만, 유일하게 그녀를 봤다는 설화가 챙기지 않았다는 것이 원망스러울 뿐이었다.

악비광은 지나온 길과 한빈을 번갈아 봤다.

갈등하는 모습에 한빈이 말했다.

"너무 걱정하지 마. 걱정해야 할 건 그 수적일 거야. 아마 지금쯤이면 무 소저의 화를 다 받아 줘야 할걸."

"저도 그 걱정은 하지 않습니다."

"그럼 왜 그렇게 걱정하는데?"

"제 신뢰가 무너진 거잖습니까? 형님!"

악비광이 하늘을 올려다봤다. 그들 중 무소율을 해칠 사람 없다는 것을 악비광도 인정했다.

한빈이 뒤쪽을 가리키며 말했다.

"걱정되면 가 보든가. 얼굴이라도 비치면 용서해 줄지 누가 알아?"

"아, 진짜 어떻게 합니까? 길치라고 했는데. 길을 잃어버리기라도 하면……."

"하하, 길치라고? 그럼 더 서둘러야겠군."

한빈은 부드럽게 웃었지만 악비광은 그 웃음이 얄밉게만 보였다.

악비광이 울 듯한 표정으로 입을 열었다.

"아, 알겠습니다. 형님."

그는 바로 말고삐를 돌렸다.

다가닥, 다가닥.

멀어지는 악비광을 본 한빈이 혀를 찼다.

전생에 악비광은 무림삼광(武林三光) 중 하나로 불리던 친구였다.

지금은 저래도 몇 년만 지나면 산동악가를 짊어지게 될 터였다.

그때가 되면 한빈에게 힘이 되어 줄 수도 있을 터.

한빈이 잠시 상념에 잠겼을 때 검오가 한빈의 옆으로 다가왔다.

"괜찮을까요?"

"너도 무 소저가 걱정되느냐?"

"아닙니다. 저는 동료들이 걱정되어서 그렇습니다."

"무소율의 경지를 알아봤다는 건데, 생각보다 눈썰미가 좋구나."

"아닙니다. 소문으로 들어서 알고 있습니다."

검오는 조용히 고개를 돌렸다.

한빈은 검오의 얼굴을 힐끔 바라봤다.

한빈이 무소율에게 신경 못 쓴 이유는 두 가지였다.

마지막 작전을 펼치기에 악비광과 무소율은 너무 눈에 띄는 인물이었다.

두 번째 이유가 바로 검오 때문이었다.

전생의 기억으로는 검보다는 다른 쪽으로 소질이 있는 친구였다.

부부로 위장한 산적이 썼던 이화신기도 검오가 만든 것이 분명했다.

한빈은 이번 표행이 끝난 후 검오를 천수장으로 데려가고 싶었다.

그때 설화가 눈을 가늘게 뜨며 한빈의 소매를 잡아끌었다.

"이제 서서히 따라붙나 보네요."

"그런 것 같구나."

한빈이 조용히 고개를 끄덕였다.

하지만, 고개는 돌리지 않았다.

모른 척 조용히 가다가 그들의 뒤통수를 거하게 치는 것이 목적이었으니 말이다.

덜그럭 소리를 내며 가는 마차가 산 중턱에 멈췄다.

산들바람이 쓱 지나가자 약초 향기가 코끝을 간지럽혔다.

이곳을 영단산이라고 부르게 된 것은 달마대사의 전설에서 유래했다.

소림으로 온 달마는 자신이 제자에게 줄 영약을 만들기 위해 이곳 영단산에 왔다고 한다.

이곳에서 약초를 채집한 달마는 제자에게 줄 영약을 만들었지만, 대신 천축에서 가져온 선단을 흘리고 갔다는 것이 전설이었다.

영약보다 더 강한 선단이 이곳에 스며들며 더욱더 강한 자연지기를 형성하고 있다고 전해져 내려온다.

뭐, 아직도 다른 곳에서는 구할 수 없는 다양한 약초들이 자라나는 것은 사실이니까. 전설이 완전히 헛된 말을 아닐 듯싶었다.

창밖을 바라보던 한빈이 마차에서 얼굴을 빼꼼 내밀며 외쳤다.

"여기서 쉬었다 가시죠!"

동시에 표두 윤용호가 손을 올렸다.

휘이잉.

말이 투레질하며 바로 멈췄다.

마차를 옆에 놓고 윤용호와 동료 표사가 노숙을 준비했다.

그때 한빈이 윤용호의 옆으로 다가왔다.

한빈이 다가오자 윤용호가 하던 일을 멈췄다.

"하실 말씀이라도 있으신지?"

"그렇게 신경 쓰지 않으셔도 됩니다. 대충 자리만 잡으시면 됩니다."

한빈이 동료 표사가 펼치고 있는 도구들을 가리켰다.

그들은 불이 번지는 것을 방지하기 위해 중간에 놔둘 화로, 해충을 막기 위한 회향초 가루 그리고 한기를 막기 위한 가죽 등을 꺼내고 있었다.

한빈은 그것이 필요 없다고 하는 것이었다.

윤용호는 멋쩍은 표정으로 말했다.

"그래도 밖에서 주무시는데 철저히 준비해야죠."

"아닙니다. 저는 지금 옮기는 물건이 물건이니만큼 조심해야 합니다."

"그래도……."

"아닙니다. 언제든 바로 출발할 수 있도록 준비하는 게 맞습니다. 이제 하남정가가 지척입니다."

"흠."

윤용호는 한빈을 아래위로 훑어보았다.

이번 표행에서 한빈에 대한 인식이 완전히 바뀐 윤용호였다.

한빈의 무위를 낭인왕 이세명에게 전하면 그는 과연 믿을까?

신기에 가까운 검술은 대체 어디에서 배웠단 말인가?

덕분에 이제는 한빈을 편하게 대하지 못하는 윤용호였다.

윤용호가 눈을 가늘게 뜨고 있을 때 한빈이 손가락을 튕겼다.

동시에 설화가 마차 위, 비둘기가 있는 쪽으로 달려갔다.

윤용호는 그 모습에 눈매를 좁혔다.

설화가 하는 행동이 이상해서였다.

저 비둘기는 적을 위협할 내용의 편지를 전달하는 용도로 쓰였다.

그런데 아무것도 안 쓴 채 비둘기가 있는 마차 위로 향한다는 게 이상했다.

그들이 봤을 때에는 한빈이 붓으로 쪽지를 쓰는 과정이 생략된 것이다.

그때였다.

설화가 단검을 꺼내더니 비둘기를 가둬 놓은 새장을 단번에 열었다.

구구구! 구구구!

하얀 비둘기가 영단산 위로 날아올랐다.

적어도 스무 마리 정도는 되는 비둘기가 하늘 위로 날아오르자 나무 위에 쉬고 있던 다른 새들도 푸드덕 소리를 내며 도망갔다.

그중 반 정도는 하늘 위에서 방향을 잡으려는 듯 빙글빙글 돌고 있었다.

소란도 잠시 산 중턱은 다시 고요함으로 물들었다.

윤용호가 한빈에게 물었다.

"전서구는 왜 다 날리신 겁니까?"

"이제는 필요 없으니까요."

한빈이 빙긋 웃자 윤용호가 고개를 갸웃했다.

"어제까지만 해도 애지중지하지 않으셨습니까?"

"그건 어제 일이고 이제는 필요가 없습니다. 그러니 다 돌려보내야죠. 그냥 놔두면 다 짐입니다."

"그럼 필요한 만큼만 가져오시지, 필요 없는 비둘기를 왜 이리 많이 가져오셔서는……."

윤용호는 말끝을 흐렸다.

방금 이상한 광경을 봤기 때문이다.

하늘에서 비둘기가 날갯짓을 멈추고 떨어지고 있었다.

곧 그 비둘기는 바닥에 떨어졌다.

툭!

부르르 떨고 있는 비둘기를 자세히 보니 전서 통이 매달려 있었다.

"이게 뭡니까?"

"보시다시피 전서구를 견제하는 무리가 여기를 둘러싸고 있지요. 비둘기에 매단 전서 통은 제가 미리 써 놓은 것이고요."

"헉, 그럼 빨리 피해야 할 것 아닙니까?"

"그렇게 서두르지 않으셔도 됩니다."

"그건 또 무슨 이유입니까?"

"그들의 목표는 우리가 아닌 청명환이니까요."

"그럼 더더욱 빨리 자리를 피해야……."

그때 다시 비둘기가 한 마리 떨어졌다.

툭.

윤용호의 눈이 커졌다.

떨어지는 방향으로 봐서 상대는 한두 명이 아니었다.

게다가 이런 기세라면 천라지망을 구축했음이 분명했다.

한기가 그의 등줄기를 타고 올라왔다.

윤용호는 다시 한빈을 바라봤다.

한빈은 아무렇지도 않게 무말랭이를 씹고 있었다.

그때 다시 비둘기 한 마리가 떨어졌다.

툭.

몇 마리 안 되는 비둘기지만, 윤용호에게는 소나기처럼 느껴졌다.

그 소나기는 바로 지금이 위기 상황이라는 증거.

소나기는 피하고 보는 것이 상책이었다.

하지만, 지금 윤용호에게는 소나기를 피할 우산이 없었다.

물론 한빈도 마찬가지였다. 그런데 저렇게 태평하다니?

윤용호는 한빈을 바라보며 눈짓했다.

이제까지 한빈이 해 왔던 일로 보면 분명 계책이 있을 터였지만, 윤용호로서는 불안하기만 했다.

툭.

떨어지는 비둘기 숫자만큼 윤용호의 가슴도 뛰었다.

그때 한빈이 말했다.

"일단 표사 일행부터 먼저 움직이죠. 조용히 빠져나가십시오. 검오 너도 윤용호 표두를 따라라."

"아, 알겠습니다."

검오가 떨리는 목소리로 답했다.

몇 년간 수적 노릇을 해 왔던 검오도 겁을 먹었는지 말을 더듬었다.

한빈이 윤용호에게 말했다.

"짐과 말은 그냥 놔두고 몸만 가십시오. 눈에 띄는 짐은 절대 들어서는 안 됩니다."

"그건 또 왜입니까?"

"한철 궤 크기 이상의 짐을 드는 순간 놈들의 표적이 될 것이 분명하니까요."

한빈이 한철 궤의 모양을 손가락으로 그리자 윤용호는 재빨리 고개를 끄덕였다.

"알겠습니다."

윤용호는 재빨리 동료 표사와 마부를 챙겼다.

"우리 먼저 빠져나가세나."

"윤 표두님, 어떻게 저희만 빠져나갑니까?"

"이건 명령일세."

"명령이라니요?"

"표물의 주인이 내리는 명령이며 우리 국주님이 내리는 명령일세!"

"네, 따르겠습니다."

표사가 마지못해 고개를 끄덕였다.

돌아선 윤용호는 한숨을 내쉬었다.

"휴."

모든 것이 낭인왕 이세명이 말한 대로 돌아가는 것 같았다.

분명 위험하면 모든 것을 버리고 몸부터 지키라는 것이 천리 표국의 국주이자 낭인왕인 이세명의 명령이었다.

이제는 그 명령에 따를 때가 온 것이다.

한 가지 다행인 것은 한빈 일행을 버리고 가지 않아도 된다는 것이었다.

한빈이 먼저 말을 했으니 어떻게든 그도 자리를 피할 터였다.

한빈이 말했다.

"여유가 되시면 검오는 하북팽가로 부탁드립니다."

"네, 알겠습니다."

윤용호가 깊이 포권하자 검오도 따라서 포권했다.

"살려 주셔서 감사합니다."

울먹이는 듯한 검오의 표정에 한빈은 미소로 답했다.

"나중에 보자."

천리 표국 사람들과 검오는 봇짐조차 모두 내려놓은 채 천천히 맨몸으로 산을 내려갔다.

터벅터벅.

그들의 발소리가 멀어지자 한빈은 씩 웃었다.

그들을 쫓는 기척이 느껴지지 않았기 때문이다.

기척들은 주변에 남아 있었다.

모든 시선이 마차와 한빈에게 모인 것 같았다.

한빈은 조용히 마차를 향해 들어가며 다리에 찬 단검을 뽑아 들었다.

그 모습에 산서삼살이 움찔했다.

또 무슨 사고를 칠 것인지 염려되어서였다.

툭! 툭!

마차 안에서 나무가 분리되는 듯한 소리가 들리더니 한빈이 기다란 나무 상자를 들고 나왔다.

터벅터벅.

한빈은 묘하게 발소리를 내며 산서삼살에게 걸어왔다.

그들 앞에 온 한빈은 바닥에 기다란 나무 상자를 내려놨다.

탁!

빙혈서생이 한빈에게 물었다.

"이게 무슨 물건입니까?"

"뭐, 중요한 물건도 아니니 그냥 보여 드리죠."

한빈이 나무 상자를 열었다.

덜컹.

나무 상자 속을 본 모두가 입을 벌렸다.

상자 속에는 똑같은 모양의 한철 궤가 여덟 개나 들어 있었다.

빙혈서생이 물었다.

"여덟 개나 되는 한철 궤는 다 무엇입니까? 혹시……."

"여덟 개가 아닙니다."

한빈이 손에 든 한철 궤를 나무 상자 속에 놓고 다시 입을 열었다.

"이제 아홉 개가 되었군요."

"대체 이것으로 무엇을 하시려는 겁니까?"

"한철 궤가 값이 나가는 건 아시죠?"

"네, 알고 있습니다."

"모든 것을 맡길 테니……."

"네?"

"알아서 하십시오. 만나서……."

한빈이 말끝을 흐리며 설화에게 눈짓했다.

한빈의 신호를 받은 설화가 주춤주춤 물러선다.

이제는 한빈 일행과 산서삼살이 다섯 걸음 이상 떨어진 상태.

한빈이 큰 목소리로 외쳤다.

"대협! 살려 주시죠!"

"그, 그게 무슨 말씀입니까?"

빙혈서생이 당황하며 묻자 한빈이 더 큰 목소리로 소리 질렀다.

"한철 궤는 저기에 모두 있습니다. 저도 어떤 것이 진짜인지 모릅니다. 제발 살려 주시죠!"

"왜, 왜 그러십니까?"

빙혈서생이 눈을 크게 떴다.

하지만, 한빈은 목소리를 점점 높였다.

"제 돈과 청명환 모두 당신들 산서삼살의 것입니다!"

한빈이 주춤주춤 물러나자 빙혈서생은 바닥에 떨어진 비둘기를 주워 통을 열었다.

그곳에서 작은 글씨를 확인한 빙혈서생의 눈이 커졌다.

영단산에서 청명환을 두고 결전 중.

"헉."
빙혈서생의 반응에 흑의살풍이 물었다.
"둘째야, 왜 그러느냐?"
"당했습니다."
"당했다니 그게 무슨 말씀입니까? 둘째 형님."
편육랑아도 급히 끼어들었다.
빙혈서생이 슬금슬금 도망가는 한빈과 설화를 보며 외쳤다.
"저 새끼들이 우릴 이용해 처먹고 버린 겁니다! 저희는 토사구팽 당했다고요!"
"그게 무슨 말이냐?"
흑의살풍의 말에 빙혈서생이 말을 이었다.
"지금 여기에는 천라지망이 펼쳐져 있습니다. 그걸 벗어나는 방법은 간단하죠."
"그 방법이 무엇이냐?"
"자신이 목표물이 아니면 됩니다."
"그게 무슨 말이더냐?"
"목표물이 바로 여기에 있지 않습니까? 진짜인지 가짜인지도 모르는 이 많은 한철 궤가 말입니다. 게다가 저들은 아무런 짐도 들고 가지 않았습니다. 그럼 청명환은 어디에 남아 있겠습니까?"

"그럼……."

"이게 모두 가짜라고 해도 저들은 끝까지 저희를 쫓아올 겁니다."

"흠."

"우리를 죽이고 나면 진짜를 차지하겠다고 사파끼리 싸우겠죠."

"……."

"물론 정파가 끼어 있다면 그놈들도요. 이건 사파를 말살하려는 계략입니다."

그때였다.

나무 상자에 일필휘지로 적혀 있는 쪽지 하나를 발견했다.

사필귀정(事必歸正).

분명 한빈의 필체였다.

그 글귀에 빙혈서생이 이를 악물었다.

"저런 악마 같은 놈!"

빙혈서생은 이를 악물었다.

힘든 일은 다 시켜 놓고 이렇게 토사구팽 한다는 것이 가당키나 한가?

저런 놈이 정파라고? 사파에서도 저렇게 악독한 놈은 존재하지 않았다.

하지만 그것도 잠시 주변에서 느껴지는 살기에 재빨리 상념을 털어 냈다.

이제는 산서삼살 세 명 중 하나라도 살아서 이곳을 빠져나가는 것이 목표였다.

한빈이 설화와 함께 뒷걸음칠 때였다.

누군가 한빈의 목에 칼을 겨누며 조용히 읊조렸다.

"움직이지 말거라."

"아, 알겠습니다."

한빈이 떨리는 목소리를 짜냈다.

"흠, 애송이로군."

상대가 헛웃음을 지을 때였다.

픽! 픽!

혈도를 점하는 소리가 두 번 울리더니 한빈에게 칼을 겨누던 무인이 나무토막처럼 쓰러졌다.

그 모습에 한빈이 말했다.

"설화야, 건들지 말아라. 전부 내 몫이다."

"치, 공자님도 참. 오랜만에 손맛 좀 보려는데……."

설화가 입을 쭉 내밀었다.

사실 한빈과 설화만 있었다면 이런 경극을 펼칠 필요도 없었다.

기척을 지우고 사라진다면 찾을 수 있는 자는 없을 터.

문제는 윤용호 일행이었다.

한빈은 차근차근 퇴로를 확보하며 나아갔다.

그런데 한빈이 향한 곳은 내리막길이 아닌 오르막길이었다.

한빈과 설화는 영단산 정상으로 올라갔다.

한빈은 주변을 휙 둘러봤다.

그의 시야에 커다란 바위가 들어왔다.

한빈은 천천히 그곳으로 걸어갔다.

같은 시각 영단산 정상.

장자명이 떨리는 목소리로 말했다.

"뭔가 으스스합니다. 왠지 모를 살기도 느껴지고요."

"뭐 산이 다 그렇지 않습니까? 그런데 주군이 말한 약초는 다 캐신 거 맞습니까?"

이무명이 묻자 장자명이 고개를 끄덕였다.

"네, 다 캤습니다. 주군이 말한 약재를 제조할 재료는 다 여기에 들어 있습니다."

장자명이 뒤에 봇짐을 가리키자 이무명이 고개를 끄덕였다.

그러고는 뭔가 기억이 났는지 품속에서 단검을 꺼냈다.

쓱.

달빛을 받은 이무명의 단검은 떨어지는 낙엽도 벨 수 있을 것같이 예기를 발했다.

그 모습에 장자명이 놀라 물었다.

"왜 그러십니까? 혹시 제가 잘못이라도……."

이무명이 천천히 걸어왔다.

터벅터벅.

난데없는 상황에 장자명은 뒷걸음치며 외쳤다.

"혹시 살인 멸구? 사 공자가 시킨 겁니까?"

그 외침에 이무명이 황당하다는 듯 장자명을 바라봤다.

하지만, 오른손에 쥔 단검은 그대로였다.

장자명이 외쳤다.

"살려 주시오, 이 호위!"

"뭔가 오해가……."

이무명의 말이 끝나기도 전에 장자명이 뒷걸음치며 외쳤다.

"그냥 살려 주시오. 사 공자가 시키는 대로 다 하지 않았소, 그런데 살인 멸구라니 이게 웬 말이오!"

이젠 짐을 놓아 둔 벽까지 몰린 상태.

그래도 이무명은 멈추지 않았다.

이를 악문 장자명이 질끈 눈을 감고 외쳤다.

"아, 악마 같은 놈!"

그 말에 이무명이 고개를 갸웃했다.

대체 장자명은 주군인 한빈을 어떻게 보길래 저런 의문을 갖는다는 말인가?

이무명은 한숨을 겨우 참았다.

그에게 한빈은 주군이기 전에 친구였다.

한빈은 검으로 대화를 나눌 수 있는 유일한 벗이었다.

한빈과의 만남에서 떠올렸던 것이 바로 백아절현(伯牙絕絃)이었다.

그것은 백아라는 거문고의 명인과 종자기라는 친구에 관한 이야기.

이무명은 언젠가 한빈에게 누가 백아고 누가 종자기일까를 물었다.

그때 한빈은 누가 종자기이고 누가 백아면 어떠냐고 했다. 검으로 서로의 마음을 알았으면 그게 전부라 했다.

그 대화는 아직도 이무명의 가슴 한쪽에 자리 잡고 있었다.

그런데, 장자명은 왜 저런 반응을 보일까?

마치 한빈을 악마처럼 생각하고 있는 것이 아닌가?

이무명으로서는 이해가 되지 않았다.

어이가 없다는 듯 눈을 감은 장자명을 바라보던 이무명이
입을 열었다.

"장 의원을 해하려는 것이 아니니 염려하지 마십시오."

그 말에 장자명이 눈을 떴다.

"그럼 대체 왜……."

이무명은 말없이 구석에 놓인 짐 중에 동경을 꺼냈다.

동경에 얼굴을 비친 이무명은 단검으로 자신의 수염을 밀
기 시작했다.

일단 단검이 자신을 향한 것이 아니라는 것을 안 장자명이
안도의 한숨을 쉬었다.

"휴."

그것도 잠시, 장자명은 의문을 떠올렸다.

이 산중에.

그것도 달이 휘영청 떠 있는 이 야밤에.

얼굴을 보여 줄 처자도 없는데 왜 난데없이 수염을 깎는다
는 말인가?

도무지 이해할 수 없었다. 하지만, 단검을 들고 있는 이무
명에게 섣불리 다가갈 수는 없었다.

장자명은 한 걸음 물러선 채 조심스럽게 물었다.

"왜 그러십니까?"

"……."

이무명은 장자명의 물음에 답하지 않았다.

쓱. 쓱.

그는 말없이 날카로운 단검으로 수염을 밀 뿐이었다.

쓱.

달빛에 이무명의 맨얼굴이 드러나기 시작하자 장자명은 고개를 더 기울였다.

이무명은 장자명의 시선에는 아랑곳하지 않고 짐 속에서 옷 한 벌을 꺼냈다.

그것은 붉은 무복이었다.

장자명은 이번에도 고개를 갸웃했다. 그 붉은 무복은 한빈의 것과 똑같았기 때문이다.

이무명이 붉은 무복으로 갈아입자 장자명의 눈이 커졌다.

"헉!"

놀란 장자명이 이무명에게 다가갔다.

그 모습에 이무명이 웃었다.

"왜 그렇게 놀라십니까?"

"사, 사 공자와 닮아도 너무 닮지 않았습니까? 혹시 진짜 사 공자십니까?"

"하하, 옷을 비슷하게 입으면 그런 소리를 듣더군요."

"그럼 정말 이 호위라는 말입니까?"

"네. 맞습니다."

"그런데, 붉은 무복으로는 왜 갈아입으신 겁니까?"

"이것도 주군의 명령입니다."

"그럼 천수장에 오셔서 수염을 기르신 것도 사 공자의 명령입니까?"

"네, 그렇습니다."

"그럼 사 공자는 오늘 맡길 임무를 당시부터 생각하고 있었다는 건가요?"

장자명의 눈이 한없이 커졌다.

이무명이 처음 왔을 때, 사 공자와 비슷하다는 이야기가 있었다.

하남정가의 무복이 아닌 일반 경장 차림으로 입었을 때는 더 비슷했다.

생각해 보니 이무명이 수염을 기르기 시작한 것은 이 표행이 시작되기 한참 전이었다.

수염을 기르고 나서는 사 공자와 비슷하다는 이야기는 쏙 들어갔고 말이다.

장자명의 눈빛이 파르르 떨렸다.

모든 것이 이번 임무를 맡기 전에 일어난 일이었다.

그렇다면 사 공자 한빈은 이번에 무슨 일이 일어날지를 훤히 파악하고 있었다는 것.

장자명은 자신도 모르게 혼잣말을 늘어놓았다.

"모든 것이 부처님 손바닥 안이었어!"

장자명의 넋두리에 이무명은 고개를 갸웃했다.

주군인 한빈에게 악마라고 하지 않나?

갑자기 부처님이라고 하지 않나?

장자명의 정신 상태가 심히 걱정되었다.

"괜찮으십니까?"

"허, 괜찮습니다."

정신을 차린 장자명이 심호흡하자 이무명이 짐 속에서 물이 담긴 죽통을 꺼냈다.

"이거라도 드시고 정신 차리시죠."

"감사합니다."

죽통에 든 물을 쭉 들이켠 장자명이 말했다.

"지금 보니 사 공자와 너무 비슷합니다."

"하하, 그렇지요. 전에 비슷하게 입고 저잣거리에 나가니 사람들이 못 알아보더군요. 그런데 자세히 보면 차이는 꽤 있습니다. 하하."

이무명이 자신의 얼굴을 가리키며 웃자 긴장이 풀린 장자명도 따라 웃었다.

"하하. 네, 맞습니다. 비슷하긴 한데, 다른 점도 있습니다. 그중 가장 눈에 두드러지는 사실은 이무명 호위가 사 공자보다 훨씬 잘생겼다는 것이지요."

말을 마친 장자명이 엄지를 착 치켜올렸다.

그때 뒤쪽에서 두 개의 그림자가 나타났다.

사람의 기척을 느낀 장자명이 다급히 고개를 돌렸다.

그러고는 비명을 질렀다.

"헉."

그곳에는 다름 아닌 한빈이 환하게 웃고 있었기 때문이었다.

한빈은 활짝 웃는 얼굴로 천천히 장자명에게 다가갔다.

"장 의원, 멀리서 들어 보니 별 이상한 말이 오가던데요. 무슨 일이죠?"

"허, 아무것도 아닙니다. 제가 사 공자님의 인품에 대해 칭찬하고 있었습니다. 제 입 보시면 아시겠지만, 지금 입이 닳았습니다."

"……."

한빈이 말없이 바라보자 장자명이 재빨리 손을 내저었다.

"공자님을 칭송하느라 입이 다 닳은 것입니다."

장자명이 활짝 웃자 옆에 있던 이무명은 하늘을 올려다보았다.

해남의 바다 한가운데에 떨어뜨려 놔도 살 수 있을 것 같은 적응력이었다.

방금 자신을 오해해서 뒷걸음치던 장자명은 그 어디에도 없었다.

이무명이 기가 찬 표정으로 장자명을 바라보고 있을 때 한빈은 말했다.

"고생 많으셨습니다, 장 의원."

한빈이 환한 얼굴로 그의 두 손을 꼭 잡았다.

그 따뜻한 손길에 장자명의 등줄기를 타고 묘한 불안감이
올라왔다.

그때 한빈이 말을 이었다.

"약초는 다 캤다고 들었습니다."

"언제……."

"아까 뒤에서 지켜보며 들었죠. 정말 고생 많으셨습니다."

한빈의 말에 장자명은 석상이 되어 버렸다.

약초를 다 캤다는 이야기를 들었다면 그 뒤에 대화까지도
모두 들었다는 뜻이 아니던가?

장자명이 멍하게 있자 한빈이 말을 이었다.

"뭐, 장 의원이 나를 어떻게 생각하는지도 잘 알겠습니다."

"헉."

장자명이 입을 딱 벌렸다.

그때 설화가 끼어들었다.

"공자님, 시간이 된 것 같아요."

"아, 그렇지."

말을 마친 한빈은 아무렇지도 않게 이무명이 방금 벗어 놓
은 옷을 지금 옷 위에 입었다.

그럼에도 옷은 딱 맞춘 옷처럼 한빈에게 들어맞았다.

장자명은 이 대목에서 다시 놀라야 했다.

옷을 갈아입은 한빈은 이무명과 장자명에게 쪽지 하나를
건넸다.

"이건 다음 임무입니다."

"네, 알겠습니다, 주군."

"알겠습니다, 사 공자님."

장자명이 펴 보려 하자 한빈이 말렸다.

"나중에 펴 보시지요."

"언제요?"

"그건 설화가 가르쳐 드릴 겁니다."

한빈이 턱짓으로 설화를 가리켰다.

시선을 받은 설화가 빙긋 웃으며 가슴을 탁탁 쳤다.

"이제부터 저와 함께 산을 내려가시면 되는 거예요."

"너를 따르라고?"

장자명이 고개를 갸웃하자 설화가 답했다.

"네, 공자님 믿으시죠?"

"그야 그렇지만……."

"공자님이 제일 믿는 게 저니까. 저를 따라오시면 돼요."

"아무리 그래도……."

장자명은 말끝을 흐리며 한빈을 바라봤다.

한빈이 씩 웃으며 다시 설화를 가리켰다.

"밤에는 설화만큼 밤눈이 밝은 아이가 없으니, 설화를 따르면 됩니다. 그리고 목적지에 도착해서 내가 시킨 대로. 알겠죠?"

한빈의 말에 장자명은 마지못해 고개를 끄덕였다.

귀엽기만 한 시녀 설화가 이 야밤에 어떻게 산길을 안내한
다는 건지 알 수가 없었다.

　그때 한빈이 이무명에게 물었다.

　"이 호위, 한철 궤는 잘 챙겼습니까?"

　"네."

　이무명이 짐에서 한철 궤를 꺼내자 한빈이 다시 물었다.

　"봉인이 훼손되지 않게 보관했지요?"

　"네, 그렇습니다."

　이무명은 한철 궤를 들어 붉은 밀랍으로 봉인된 부분을 보
여 주며 한빈에게 건넸다.

　한빈이 그것을 건네받았다.

　"네, 고맙습니다."

　그 모습에 설화가 혀를 찼다.

　지금 받은 것이 정화 부인이 건넨 진짜 한철 궤라는 것을
설화도 처음 알았기 때문이다.

　　　　　　　　　　✿

　잠시 후.

　그들은 영단산을 내려가기 시작했다.

　달빛만을 의지해 산길을 탄다는 것은 어려운 일이었다.

　그런데 앞서 나가는 설화는 거침이 없었다.

휙, 휙.

그녀의 동작은 마치 산짐승 같았다.

장자명은 그녀의 출신이 화전민이라 생각했다. 산에서 밭을 일구며 사는 화전민이라면 이렇게 산을 탈 수도 있다고 생각했다.

물론 이것은 장자명의 생각이었다.

물론 이무명도 놀라기는 마찬가지였다.

경지가 높은 고수의 경우 기감만으로 사물의 위치를 판단할 수 있긴 했다.

그래도 설화처럼 자연스럽게 어둠을 헤쳐 나갈 수는 없었다.

이무명은 어렴풋이 설화가 평범한 삶은 거쳐 온 아이가 아니라는 것을 느낄 수 있었다.

그때였다.

어디선가 병장기 부딪치는 소리가 들려왔다.

챙! 챙!

"어서 내놓거라!"

"아니다, 그것은 내 물건이다!"

주변에서 들리는 소리만 봐서는 전쟁이라도 난 것 같았다.

설화는 아무렇지 않게 그곳을 피해 길을 잡았다.

그 뒤를 따르는 장자명은 어깨를 가늘게 떨었다.

챙! 챙!

다시 병장기 소리가 산자락에 울렸다.

장자명이 생각하기에 이것은 보통 일이 아니었다.

산길 곳곳에서 벌어지는 싸움판.

장자명은 이곳을 빠져나가기란 하늘에 별 따기라 생각했다.

한참을 걷던 장자명은 의문이 들었다.

병장기 소리를 울려도 적과 한 번도 마주친 적이 없기 때문이다.

장자명은 의심 가득한 눈으로 설화를 바라봤다.

그때 앞선 설화가 조용히 말했다.

"속도를 조금 더 높일게요."

그 목소리에 장자명의 안색이 변했다.

❦

한편 영단산 정상에 홀로 남은 한빈은 허리에 찬 월아를 뽑았다.

스르릉!

달빛을 받은 월아가 검신을 드러냈다.

한빈이 월아를 향해 나지막이 외쳤다.

"오늘은 신나게 놀아 보자꾸나."

그의 미소는 그 어느 때보다 더 진했다.

이제 구결을 수집할 시간이 된 것이다.

쿵. 쿵.

한빈은 뛰는 가슴을 진정시키며 산자락을 바라봤다.

지금 몰려든 사파의 무인들에게 수많은 구결이 있음을 본능으로 느끼고 있었다.

다음 권으로 이어집니다

만렙닥터

13월생 현대 판타지 장편소설

리턴즈

인생 2회 차 경력직 신입
칼솜씨도, 인성도 '만렙'인 의사가 돌아왔다!

만성 인력난에 시달리는 흉부외과에 들어온 인턴
메스도 잡아 본 적 없는 주제에
죽을 생명을 여럿 살려 내기 시작한다?

"이 새끼, 꼴통 맞네."
"죄송합니다."
"잘했어!
"네?"

출세만을 좇으며 살았던 전생
이렇게 된 이상 인생도 재수술 한번 가자!

무데뽀(?) 정신으로 무장한 회귀 의사
이제부터 모든 상황은 내가 집도한다!